作者简介

贝纳丹·德·圣比埃尔
(1737——1814)

  法国作家、植物学家。1795年被选为法兰西院士。他的作品受卢梭影响很深。先后出版了《法兰西岛游记》(1773)和《大自然研究》(1784),两部作品给他带来了极高的荣誉。1787年,他的小说《保尔与维吉妮》出版,轰动一时,该书成为法国文学史上最有名的畅销书之一。

Paul et Virginie

外国情感小说

保尔与维吉妮

Foreign Classic Romantic Novels

〔法〕贝纳丹·德·圣比埃尔 著

李恒基 译

人民文学出版社

图书在版编目(CIP)数据

保尔与维吉妮/(法)贝·德·圣比埃尔著;李恒基译.—北京:人民文学出版社,2017

(外国情感小说)

ISBN 978-7-02-013195-2

Ⅰ.①保… Ⅱ.①贝… ②李… Ⅲ.①中篇小说—法国—近代 Ⅳ.①I565.44

中国版本图书馆 CIP 数据核字(2017)第 191440 号

出版统筹	仝保民
责任编辑	陈 黎
特约策划	李江华
特约编辑	赵海娇
书籍设计	李思安

出版发行	人民文学出版社
社　　址	北京市朝内大街 166 号
邮政编码	100705
网　　址	http://www.rw-cn.com

印　　刷	三河市祥宏印务有限公司
经　　销	全国新华书店等

字　　数	90 千字
开　　本	787×1092 毫米 1/32
印　　张	5.375
印　　数	1—6000
版　　次	2019 年 2 月北京第 1 版
印　　次	2019 年 2 月北京第 1 次印刷

书　　号	978-7-02-013195-2
定　　价	39.00 元

如有印装质量问题,请与本社图书销售中心调换。电话:010-65233595

Paul et Virginie

在法兰西岛①路易港后面那座高山的东麓，有一片已经荒芜的田园，两间如今变成废墟的小屋，几乎正好坐落在盆地的中坡；盆地四周是壁立的悬崖，只有一个山口曲折向北拐去。左首遥遥可见的那座山峰名叫"发现峰"，从峰顶可向驶近的船只发出信号，山下有座城市名叫路易港；右首有一条从路易港通往柚林区的道路，路那边一片大平川的当中，耸立着一座也以柚林为名的教堂，教堂四周竹林夹道；过了平川是一片森林，一直绵延到海岛的尽头。往前看去，海岸线以及"坟场湾"历历在目；靠右面一点有个尖角叫"苦

①现名毛里求斯，于一九六八年独立，成立毛里求斯共和国，首都即在路易港。该岛于一七一五年被法国占领，辟为殖民地，更名为法兰西岛。一八一四年起为英军占领，直至该岛独立。

命角",往外便是汪洋大海了;海上浮着几个无人居住的孤岛,其中一个岛名名叫"火力点",活像一座兀立在碧波间的碉堡。

在景物如此繁多的山口,回响着邻近森林里传来的呼呼风声和远处浪拍礁滩的哗啦声;可是在那两间小屋跟前却万籁俱寂。只见四面断崖如削,石缝里长出一簇簇树木,从崖脚一直延续到云雾回萦的崖顶。高耸入云的峰尖引来的一场场山雨,常常为翠绿和棕红两色斑驳的崖壁抹上一层绚丽的虹彩;雨水在崖下汇注成清涧,一潭潭清涧又聚成小河,这便是那蒲葵河。在这被山崖隔断的山沟里,真是万物恬适,风吹得那么轻柔,水流得那么徐缓,连阳光都格外温和,到处都静悄悄的,只有高处那些不停地在风中摆动着长箭般枝叶的槟榔树,在隐约地低声细语。山谷里光线柔和,只有中午才见得到太阳;可是崖顶上,一大早就曙光灿然了。那时崖下虽然夜犹未央,崖上那一座座兀立的峰尖,却都已金碧辉煌地衬映着蔚蓝晴空了。

我爱到这里来;在这里既能领略到无限的风

光，又可安享远隔俗尘的闲静。有一天，我正坐在小屋跟前，细细打量这片废墟，忽有一位长者从附近走过。他一身当地居民的老式打扮，穿着齐腰的短褂和齐膝的短裤，拄着乌木拐杖，光着脚板踽踽独行。他满头白发，神态既高贵又朴实。我恭恭敬敬地向他致意。他还了礼，又把我端详了一番，然后过来坐到我所在的小土墩上休息。承他如此不见外，我深受感动，有意与他攀谈："老丈，"我问道，"您能告诉我这两间小屋早先是谁家的吗？"他回答说："孩子，你是问这两间小屋和这片荒芜的园地吗？大约二十年前，有两家人曾在这里安居和耕作，总算过上了称心的日子。他们的故事说起来很感人；可是，咱们这个地方正处在去印度的中途，又是个荒岛，有哪位欧洲人会关心这几个无名百姓的命运呢？这里纵然能过上称心的日子，却又有谁甘清贫，愿意来过这种默默无闻的生活呢？世人都只想听听那些其实对谁都一无裨益的帝王将相、豪门望族的掌故逸闻呀。"我接言道："老丈，从您这神情谈吐看来，显然您老人家是位见多识广的人。您眼下若有便，就请给我讲讲在这荒山沟里住过的那两家人的故事吧。请相信,即使心地早被世俗的偏见败坏得不堪收拾的人,也是乐于听人讲讲大自然和美德能给人什么样的幸福的。"于是老人以手抚额,仿佛追忆纷沓的往事;过了片刻,他便对我讲了下面的故事:

话说一七二六年,有位姓德·拉·杜尔的诺曼底青年,由于在法国求职无着,又没有得到家里的资助,决定漂洋过海来此地谋生。他是同一位青年女子一起来的,他们俩恩爱相得。原来那女子出生在诺曼底的一个富贵人家,皆因后生不是贵族出身,女家的长辈便反对他们成亲,他俩只好私下结婚,当然就此得不到分文的嫁妆。来到此地之后,他先把妻子暂且安顿在路易港住下,自己又乘船去马达加斯加;他打算去那地方买几名黑奴回来,好及早找块合适的地方建个庄园。他到马达加斯加的时候,正赶上瘴疫肆虐的季节,不久便染病身亡。那地方每年从十月中旬起,高烧不退的时疫足足要流行半年,所以欧洲人一向无法在那里定居。他随身带去的钱财死后也都失散尽了，一般客死异乡的人都免不了落得这样的下场。他那位留居在法兰西岛的妻子，成了寡妇，却早有了身孕。在举目无亲、借贷无门的异乡客地，寡妇的全部家当就只有一名随身的女黑奴。既然她唯一爱过的男人已经去世，她再不愿向别的男人乞怜；身罹不幸反倒增添了她的勇气，她决定带着女黑奴去找几分地种种，以自食其力。

在这人烟稀少的小岛上，荒地倒有的是，任人随意垦种。她却没有选择最肥沃的地段，也没有看中最便于做买卖的区域，偏偏愿意到深山野沟去寻个僻静的所在，过孤独无闻的生活。于是她离开城市，像鸟儿找地方筑巢似的，到这深山坳里来栖隐。大凡有血有肉的生灵都有这样的本能：一旦遭受伤痛，便连忙躲进最偏僻的角落；好似嶙峋的山崖便是抵挡厄运的屏障，唯有宁静的大自然方能抚慰受不幸煎熬的心灵。可是，每当我们温饱难全时从不将我们弃置不顾的上帝，却另外赏赐给德·拉·杜尔夫人一件纵享荣华富贵也未必能到手的宝贝。这件宝贝就是一位女朋友。

原来，这地方一年前已有位活泼、善良、易动感情的女子搬来居住。那女子名叫玛格丽特，原籍布列塔尼，出生农家，很得父母宠爱；她的日子本可以过得很幸福，可惜她误信了邻近的一个贵族男子的花言巧语。那人起先答应娶她，不料在私欲得逞之后，便狠心地抛弃了她，甚至连她怀着的胎儿，那男子都拒绝供养。玛格丽特只得诀别她出生的村庄，千里迢迢到这殖民地来隐匿她失足的耻辱，因为她在故乡已经丧失了一个穷苦人家的正经姑娘仅有的嫁资——她的贞节。她带着一名借钱买来的上了年纪的黑奴，在这里垦种一小片土地。

德·拉·杜尔夫人跟她的女黑奴来到这里，看见正给孩子喂奶的玛格丽特，顿时惊喜交集，以为遇到了与她身世相同的女人。她三言两语向玛格丽特诉说了自己的经历和眼前的需要。玛格丽特听罢，肝肠寸断。她不愿枉受夫人的尊敬，更不肯辜负她的信赖，便一五一十供认了自己不慎失足造下的罪孽。她说："我落到这步田地是罪有应得；可是夫人您……这样的规矩人，竟也如此薄命!"她流着眼泪,把自己的小屋和一片真心献给德·拉·杜尔夫人。德·拉·杜尔夫人见她如此仗义,大受感动;她搂住玛格丽特,说道:"啊!这是天意呀,我的苦难熬出头了,是上帝启迪了您的心灵,让您对我这个萍水相逢的人如此厚爱,我亲生的父母都从没有对我这样仁慈。"

我同玛格丽特本是老相识。虽然我住在长山后面的树林里,离这里有一里①半地,我却以她的近邻自居。欧洲的城里人,往往仅隔一条街,甚至一堵墙,一家骨肉都能好几年不团聚;可是在这新开发的殖民地,相隔几片树林,甚至几座高山,也都算是近邻。尤其在那个时候,这里同印度的贸易往来还很少,普通的邻居就等于是朋友,而款待陌生人则成了一种义务,一种乐趣。当我听说我的女邻居有了新同伴之后,便过来看望,想尽力给她们帮点忙。我一见德·拉·杜尔夫人,就觉得她挺有人缘;她举止不俗,眉宇间流露出几分忧愁。当时她即将分娩。我对她俩说,山下

① 本书所说的"里",均为法国古里,每一古里约合今制四公里。

的这块盆地,大约有二十阿尔邦①,她们最好平分一下,一来是为孩子们日后的利益着想,更主要是为了不让别人再来安家。她俩就托我主持这件事。我把盆地分成大致相等的两份:一份在盆地的上半部,从蒲葵河发源的那个云遮雾障的崖顶起,到山上能看见的那个险峻的豁口止——那个豁口因为像个炮眼,所以人称"炮眼口"。那一份土地到处是磕磕绊绊的石头和坑坑洼洼的沟坎,简直令人寸步难行;然而有葱茏的树木,汩汩的清泉和潺潺的小溪。另一份土地在盆地的下半部,沿着蒲葵河起,到咱们眼前的这个山口止——蒲葵河自出山口,便夹山而行,一直流入大海。这一份土地有几大片青草和一块相当平整的耕地,可是不见得比那一份更好些,因为一到雨季,这里便成了一片沼泽,而每逢旱季,地上又硬得好似铁板一块;那时若想挖条沟,非得动用斧子不可。我把两份土地分好之后,请她俩抓阄。结果,上一半土地归德·拉·杜尔夫人,下一半土地归

①法国旧土地面积单位,一个阿尔邦约合今制三千五百平方米至五千平方米。

玛格丽特。她俩都挺满意；只是请我不要将她们的住所分开。她们说："这样我们好朝夕相见，随时说得上话，也可以互相帮助。"不过她们总得有各自的住所呀。玛格丽特的小屋恰好在盆地的中坡，在她自己的地界边上。我就在德·拉·杜尔夫人的地界内，紧挨着那间小屋，又盖了另外一间。这样，两位挚友既成比邻，又都住在自己的地界内。我亲自上山砍树枝编栅栏，又到海边去采蒲葵叶，盖成了这两间小屋，如今屋顶和门窗早已荡然无存，唉！可要勾起我心中的往事这残存的废墟也还嫌太多！无情的岁月能把赫赫帝国的巍巍巨厦转眼间夷为平地，可是对荒山野沟里这两所作为友谊纪念的小屋倒似乎分外珍惜，让绵绵的遗恨伴我终老！

第二间小屋盖好不久，德·拉·杜尔夫人便分娩了，生下一个女儿。我早先当过玛格丽特的孩子的教父，曾给那男孩取名叫保尔。如今德·拉·杜尔夫人也请我同她的朋友一起商量，给她的女孩子起名字。玛格丽特给女孩子起名叫维吉妮①,她说:"这孩子将来一定端庄贞节,一定会过上幸福日子,我就是因为不守妇道,才遭遇这样巨大的不幸。"当德·拉·杜尔夫人能够起床的时候,两家人开始有些收益了。当然我不时去帮忙照顾,但主要是她们的黑奴手脚勤快。玛格丽特的黑奴名叫多敏格,是约洛夫种族的黑人,虽说上了年纪,身板倒还硬朗。他不分彼此地耕种两家的土地,还觉得这是天下最肥沃的土地呢。他因地制宜种上不同的庄稼:贫瘠的地段,他种黍子和玉米;土质好一点的地方,他种几垄小麦;低洼的涝地,他种稻子;山崖下面,他种上爱爬藤的冬瓜、西葫芦、黄瓜;干旱地带,他种白薯,长成之后味道很甜;他还在高坡种棉花,在肥力最足的地方种甘蔗,在山岗上种咖啡,那咖啡颗粒虽小,香味却很浓;他在河边和房前屋后种了一排排香蕉树,一年四季树上香蕉串串,树下绿荫幽幽;最后,他还栽了几株烟草,收割之后供他自己和两位女东家抽来解闷儿。他上山砍

①维吉妮,词源为贞节。

柴，把园地里东一块西一堆的石头凿碎，铺路平地。所有这些活计，他干得很勤快很麻利，因为他对于劳动有种发自内心的热忱。他对玛格丽特固然忠心耿耿，对德·拉·杜尔夫人也是一片赤诚。维吉妮出生之后，他就同德·拉·杜尔夫人的女黑奴成了亲。他非常疼爱妻子。那女奴名叫玛丽，生在马达加斯加，从小就学会了那地方的手艺活，尤其善于用树林里生长的野草编制篮筐和织造非洲土人的围腰。她心灵手巧，爱干净，心地厚道。她管做饭和喂鸡，还时而把园地里出产的少数剩余产品送到路易港去变卖。除此之外，这两家人还养了两只母山羊供孩子们喝奶，养了一条大狗夜间看家护院。我这么一说，你对她们两家的经营收入，总可有个大致的了解了吧。

至于情同手足的两位女主人，她们则天天起早摸黑地纺线，这项出息，也足够供两家人的衣着所需了；不过她们不像外面有些人家那么讲究和宽裕。她们在家时成天光着脚板，要等星期天一早去柚林教堂做礼拜的时候才舍得穿鞋。其实去柚林教堂比去路易港要远得多，可她们却难得进城，因为她们穿的是孟加拉蓝色粗麻布做的衣裳，那身打扮跟人家的奴仆差不多，她们怕城里人见了耻笑。虽说人言可畏，但比起家里过得称心，毕竟算不了什么。她们在外面固然感到窘困，回到家里却更觉愉快。玛丽和多敏格从高处一见到她们从教堂那边回家来了，连忙下山去搀扶她们。她们从两个仆人的眼神里，看出他俩见到女主人时由衷的欢喜。走进家门，她们看到处处干净整洁，感到自由自在，这里有她们用汗水挣来的财物，有对她们衷心爱戴的忠仆。共同的需要使她俩相依为命，她们遭受过几乎相同的痛苦，她们用"朋友""同伴""姐妹"这类亲热的称呼来称呼对方，她们俩只有一个心眼，一个利益，一张饭桌。她们事事休戚与共。每当比友谊更为炽烈的旧情在她们的心头死灰复燃时，便有一种靠贞洁的品行支撑起来的纯洁信仰把她们引进另一个境界，好比一团火在尘世耗尽了燃料之后，袅袅升华到崇高的碧天。

　　大自然赋予她们的职责更增添了她们这个小天地的幸福。她们的孩子，都是一场不得善终的爱情的产物；一见到孩子，她们彼此的友谊更加深几分。她们总喜欢把孩子放在同一个水池里洗澡，同一张摇篮里睡觉。她们经常交换着给孩子喂奶。德·拉·杜尔夫人说："朋友，这样你我都有两个孩子，孩子也都有两个妈妈了。"好比同一品种的两株树上的两根新枝，一场狂风暴雨把两棵树摧折，新枝脱离了母树，落到另一棵树身上继续成长，后来结出的果子倒格外香甜；同样，这两个失去了其他一切亲属的孩子，由两位结成生死之交的母亲交换喂奶，结果他们心中积聚的感情，比一般母亲和孩子、兄弟和姐妹之间的感情，更为亲密。他们还在摇篮里的时候，两位母亲就说日后把他俩配成夫妻，母亲们本想借孩子们美满婚姻的远景来安慰她们自身的不幸，却往往说着说着不禁潸然泪下；这一位想起了自己的不幸皆因为不慎失足，那一位却自叹蒙受门第观念的荼毒；一个是由于高攀，一个却由于低就；可是当她们想到终有一天她们的孩子在这远离欧洲大陆残忍偏见的荒岛，能同时享受到爱的欢乐和平等的幸福，也就感到了宽慰。

两个孩子事实上早已流露出彼此的眷恋，他们难舍难分的情状，简直无法形容。倘若保尔哼哼唧唧要哭，只需把维吉妮抱到他跟前，便能使他立即破涕为笑，安静下来。要是维吉妮哪儿磕着碰着，别人得听到保尔嚷疼才会知道；可是这可爱的小姑娘连忙假装不疼，免得保尔过分难受。我每次到这里来，总见到这两个摇摇学步的孩子，按当地的风俗光着身子，手拉手地搂在一起，简直像星宿图里的金童玉女①。甚至晚上都不肯分手，他们在一张摇篮里，脸偎着脸，胸贴着胸，搂着对方的脖子，靠在对方的怀里安睡。

到他们牙牙学语的时候，他们最先学会的称呼是哥哥和妹妹。在两小无猜的幼年，他们虽比后来更为亲昵，却还不知道有比哥哥和妹妹更温柔的称呼。他们受到的教育更增强了他们的友谊，并且使得这种友谊逐渐成为缺一不可的需要。不久，有关日常开支、洗洗涮涮和准备野餐之类事

①原文直译为"黄道十二宫图中的双子星座"，该星座在黄道十二宫图中的形象为一对裸体的少年男女（其实在希腊神话中，"双子星座"是一对孪生兄弟）；这里采用意译。

项，都由维吉妮一手操持。她干得很出色，哥哥经常夸奖她，还要亲吻她。这保尔是个成天闲不住的孩子，不是跟多敏格在园子里锄地，便是跟他去树林里砍柴，路上若是见到有什么美丽的鲜花，香甜的野果或者一窝可爱的小鸟，哪怕是在很高的地方，他都要爬上去摘来送给妹妹。

无论在什么地方，只要见到他俩之中的一个，就准能在附近见到另一个。有一天我从山上下来，老远看见维吉妮撩起裙子的后裾遮在头上挡雨，正从园子那头往小屋这边跑来。我还以为只有她一个人呢，于是赶上前去照应她。走近一看，原来裙子底下还裹着保尔。只见维吉妮挽着保尔的胳膊，用裙子把保尔遮挡得严严实实，两个孩子因为一起在自己发明的这把"雨伞"下躲雨，笑得正开心呢。在被风雨吹刮得圆圆鼓鼓的裙裾下面，见到这两张迷人的小脸蛋儿，我不禁联想到合抱在同一个蛋壳里的勒达①的孪生儿女。

①希腊神话人物。好色的天帝宙斯变成天鹅勾引了她，使她连生两对孪生儿。第一对是孪生兄弟卡斯托尔和波吕丢刻斯，后来升天成为"双子星座"；第二对是孪生姐妹海伦和克吕泰涅斯特拉。

保尔和维吉妮的全部学习内容，只是学会如何使对方高兴，怎样互相帮助。此外，他们同当地的白人后裔一样，也都是文盲。他们对历史上的事和外面的事根本不闻不问；他们的求知欲决不涉及山沟以外的世界。他们以为这个岛的海岸就是天涯；他们不去想象在他们这个小天地之外还另有什么奇妙的东西。他俩彼此的眷恋以及他们身受的母爱是他们心灵活动的全部内容。他们从没有为无用的知识流过一滴眼泪，也从没有被讨厌的说教弄得心烦意乱。他们根本不知道"不得偷盗"的戒律，因为他们家中的一切都是共有的；他们从没有听过"不得暴饮暴食"的说教，因为家里的粗茶淡饭任他们随意享用；他们更不懂"不得撒谎"的道理，因为他们没有半点真情需要隐瞒。大人也从不曾用"忤逆孩子必遭天罚"的说教吓唬过他们；他们的孝心发自亲身承受的母爱。长辈们也劝他们信奉宗教，不过只讲些启发他们热爱宗教的道理；他们虽没有去教堂做长时间的祈祷，可是他们在家也罢，在园地里也罢，在树林里也罢，走到哪里，都向苍天伸出纯洁的小手，奉献上一片爱戴尊长的孝心。

他们的童年就是这样度过的，好比灿烂的曙光预告晴朗的白天。他们已经同母亲们一起分担家务了。公鸡才啼叫，维吉妮就起床到附近的泉边去汲水，回家张罗早饭。随后，当山谷四周的崖顶被朝阳镀上一层金光时，玛格丽特便领着儿子到德·拉·杜尔夫人的小屋来了，于是他们一起做祈祷，一起吃早饭。他们经常在香蕉树下的草坪上吃早餐，那些香蕉树为他们提供了营养丰富的食品；盘中现成的佳肴，以宽大光洁的树叶，供他们当餐巾。卫生而营养丰富的食品使两个孩子的身体发育得很快；温柔亲切的家庭教育使他们内心的纯洁和精神的满足从容貌上焕发出来。维吉妮年方十二，身材却已经接近发育成熟；柔长的金发覆盖在头上，蓝蓝的眼珠和鲜红的嘴唇光艳照人，把她俊俏的脸蛋衬托得越发妩媚。她一开口说话，眼睛和嘴唇便相应地带出笑容；她沉默的时候，那自然而然仰望苍天的神态，又使她的眼睛和嘴唇更加充满灵性，甚至还稍含几分忧伤。保尔呢，正是青春焕发的少年，具有越来越明显的男子气概。他比维吉妮的身材要魁梧些，皮色更深些，鼻子更挺些；他那双乌黑的眼睛，多亏周围有浓密的长睫毛遮挡，才显得脉脉含情，不然的话，炯炯的目光就会过于英气逼人。他虽说总闲不住，可是一见妹妹，便顿时变得文质彬彬，走过去坐到她的身旁。他们吃饭的时候，常常是不言不语。看到他俩默默相对，一派天真的神态，真叫人以为眼前是两尊尼俄柏①的子女的大理石塑像呢；可是，看到他们目光不时相遇，彼此以更甜蜜的微笑回报对方的微笑，又会把他俩当成一对无忧无虑，天生相亲相爱的小天使；他们用不着通过思想来表达感情，更无须以语言来诉说友谊。

然而，德·拉·杜尔夫人眼看女儿出落得亭亭玉立，慈爱的心头却增添了忧虑。有一次她对我说："维吉妮没有分文家产，我若一死，她可如何是好？"

①希腊神话中的人物，忒拜国的王后，生有七子七女，因嘲笑女神勒托仅生一子一女，女神便怒遣自己的儿子阿波罗把她的七子七女全部杀死。尼俄柏悲极而疯，化作岩石。

德·拉·杜尔夫人在法国还有一位姑母,老太太出身贵族,很有钱,如今已经年迈,对宗教十分迷信。当初德·拉·杜尔夫人出嫁的时候,姑母狠心地拒绝给新婚夫妇分文资助,德·拉·杜尔夫人气得下定决心:今后哪怕走投无路,也决不再求她帮助。后来为了女儿,她顾不得面子,竟写信给姑母,说丈夫已不幸亡故,她生下了遗腹女,拖家带口在这举目无亲的异国他乡,处境十分狼狈。信发出之后,好比石沉大海。她一向很有志气,如今却不怕受委屈,不怕挨姑母的责骂;她明知因为自己嫁了个虽有品德却无门第的男人而得不到姑母的谅解,却仍不放过一切机会接连给姑母写信,但求打动姑母的恻隐之心,来疼爱维吉妮。可是好几年过去了,姑母一直没有半句回音表示还记得有这么个侄女。

直到一七三八年,她才听说三年前到这个岛上来当总督的德·拉·布尔道奈先生,受她姑母之托给她带来了一封信。她连忙赶到路易港去,这一次她顾不得衣衫寒酸,以为女儿的前途有了指望,高兴得早把面子置之度外。德·拉·布尔道奈先生果然转交给她一封姑母的回信。那老姑娘在信中把侄女数落了一通，说：她既然嫁了个寡廉鲜耻的冒险家，就活该落到如此的下场；情欲本来就是要得到报应的；她的丈夫早早夭亡就是上帝给他们的公正惩罚；她幸亏远走他乡，这比在法国败坏家里的名声要好；她算是去了个好地方，那里除了懒虫，人人都能发家致富。接着，姑母现身说法自吹自擂，说她本人正是为了免遭婚后那通常是悲惨的结局，才一直矢志不嫁。其实她的心太高，只想嫁个名门望族；虽然她很有钱，虽然朝廷里的达官贵人除了贪财别的都可不顾，却毕竟没有人肯向她那样铁石心肠的丑八怪求婚。

老姑娘在信末的附言中还写道：经过种种考虑，她决定拜托德·拉·布尔道奈先生多加关照。她确实拜托过总督照应侄女，可是按照至今犹存的风气，这种拜托往往使保护人的心肠比冤家对头还残忍。她为了向总督证明她对侄女如此严厉是有道理的，竟不惜恶语中伤，还假装恨铁不成钢呢。

即使最无情感的人，见到德·拉·杜尔夫人，也没有不同情、不尊敬的；可是德·拉·布尔道奈由于先入为主的印象，却对她非常冷淡。德·拉·杜尔夫人向他陈述她们母女的处境，他只是冷冰冰地敷衍道："看情况吧……；再说吧……；以后再想办法……；困难的人多着呢……何必要给您那位体面的姑母添麻烦呢？……这就得怨您自己了。"

德·拉·杜尔夫人痛心至极，强忍住心中的痛楚走回家来。进得家门，她刚坐定便把姑母的那封信扔到桌上，对她的好朋友说："这就是苦苦等了十一年的结果。"可是他们中间只有德·拉·杜尔夫人一个人识字。她拿起信给大家念了一遍。她一念完，玛格丽特便气得跳起来，说道："咱们用得着你家里的什么人费心照顾吗？难道上帝抛弃咱们了吗？只有上帝才是咱们的父亲。咱们的日子不是一直过得很好吗？有什么好伤心的？你真是太软弱了。"说到这里，她看到德·拉·杜尔夫人哭了，又忙扑过去把她搂住，连声叫道："好朋友，亲朋友！"后来她自己也泣不成声了。看到这情景,维吉妮早已哭成了泪人儿,一会儿把母亲的手贴到自己的嘴上,一会儿又抓住玛格丽特的手放到自己的胸口;保尔气得两眼冒出火光,大叫一声,捏紧了拳头,连连跺脚,就不知该找谁出出这口怨气。多敏格和玛丽也闻声赶来,只听得小屋里一片痛苦的哭喊声:"啊!太太……""我的好东家!""……妈妈!""别哭了,别哭了!"友谊的温暖消释了德·拉·杜尔夫人心头的悲痛。她把保尔和维吉妮搂在怀里,转悲为喜地对他俩说:"好孩子们哪,我是为你们难受呀,也只有你们才能使我高兴起来。哦,好孩子呀亲孩子!我的不幸是从远方来的,而幸福却就在我的身旁。"保尔和维吉妮并没有听懂母亲的话;只是看到母亲总算平静下来,也就撒痴撒娇地同母亲亲热一番。从此之后,他们又继续过幸福的生活;那天的伤心,不过是风和日丽的季节偶尔下了一场阵雨罢了。

孩子们善良的天性一天天养成。有一个星期日,天刚蒙蒙亮,他们的两位母亲已经上柚林教堂做弥撒去了,这时一个从主人家逃出来的女黑奴窜进了他们院子附近的香蕉林。那女黑奴骨瘦如柴,身上只有一片破烂的粗麻布聊以遮羞。她看到维吉妮在做早饭,便跪到她面前,说道:"小姐,可怜可怜我这个逃出来的苦命鬼吧;我在这深山里东奔西逃足有个把月了,饿得半死,还常常遇到一帮人带着狗来追我。我是从主人家逃出来的,我的东家是黑河边的财主。您看看,他就是这样对待我的!"说到这里,她让维吉妮看她满身的鞭痕;接着她又说道:"我本想投河寻死;后来听说你们住在这里,心想既然这一带还有好心的白人,我还不到非死不可的地步。"维吉妮听罢感动极了,回答说:"放心吧,苦人儿!快来吃点东西,吃吧。"她把做好的早饭端给她吃。那女黑奴转眼间就狼吞虎咽地把他们的早饭全吃光了。维吉妮见她已经吃饱,便说道:"可怜的苦人儿!我要去找你的东家,为你说情。他若见到你这副模样,也会动恻隐之心的。你领我去好吗?"那女黑奴说:"我的小天使,您要上哪儿我都跟您去。"维吉妮把哥哥叫来,求他陪着一道去。逃亡的女黑奴领着他们穿过树林里的一条又一条小路,好不费劲地爬过几座山头，蹚过几条大河，总算在中午前后走到黑河边的一座山岗下面。他们看到前面有一幢盖得很讲究的房子，周围是大片的庄稼地，许多黑奴在忙着干活。他们的东家嘴里叼着烟斗，手里拿着藤杖，在干活的奴隶们中间走来走去。这人是个干瘦的高个子，铁青色的脸上长着一对深陷的眼睛，两道浓眉几乎连成一线。维吉妮吓得紧紧攥住保尔的胳膊，紧张地朝那人走去，求他看在上帝的分儿上饶恕站在他们身后的那个女奴隶。那人起初对两个衣着寒酸的孩子并不在意，后来他注意到维吉妮亭亭玉立的身材和蓝色风帽下露出几绺金黄色头发的那张标致的小脸蛋儿，又听她说话细声细气边说边颤，连身子都跟着簌簌发抖，他便宽恕了那个女奴隶，倒不是看在上帝的份上，而是出于对这女孩子的疼爱。维吉妮忙向女奴隶使个眼色，要她走到东家跟前去；接着她扭头便跑，保尔也连忙跟她跑开了。

  两人一口气翻上刚才走过的山岗，到了山顶，他们已经累坏了，又饿又渴，便坐到一棵树下休息。他们一早出来，饿着肚皮已经走了五里路。

保尔对维吉妮说:"妹妹,现在都已经过中午了,你一定又饿又渴;可是这里找不到一点可吃的东西,咱们还是下山去问那个奴隶主要点东西吃吧。"维吉妮忙说:"不要不要,好哥哥,那人太可怕了。你还记得吗?妈妈说过的,坏人的面包只配填石缝。"保尔说:"那咱们怎么办呢?这些树上尽长些没法下咽的果子;连可以给你润润嗓子的罗望子或柠檬都没有呀。"维吉妮说:"上帝会怜悯咱们的。每当小鸟啾啾求食的时候,上帝总有办法让它们吃个饱。"她的话音刚落,便听到附近有一股泉水从山崖上淙淙流下。两人连忙走过去,只见那泉水清冽晶莹。他们喝了个够,还摘了些泉边的野菜充饥。他们又东张西望,看看还有没有更解饿的食物。维吉妮忽然看到,树林里有一棵新长成的槟榔树,树梢的叶丛中裹着一团芽苞。那是滋味鲜美的食品,只可惜树干虽然不及人的腿粗,树身却已经足有六丈多高。树质不过是一束纤维,树皮却硬得连锋利的斧子砍去都得弹回来,更不用说保尔身上连一把刀子都没带了。他灵机一动,想出个点火放树的法子。可是他又没带火镰；这岛上虽然石头遍地，却很难找到一块火石。常言道"急中生智"，最有实用价值的发明往往出自走投无路的可怜虫。保尔决定使用黑人使用的方法来取火。他把一截干树枝用脚夹住，拿一块尖石在树枝上钻了一个窟窿；然后又找了一截另一种树的干枝，用尖石把它削尖。接着他把尖头插进他脚下的那截干树枝的窟窿里，像搅巧克力那样地把尖头树枝快速地转动，不多一会儿，尖头与窟窿摩擦的地方开始冒烟，接着飞出了火星。保尔连忙捡些干草和碎枝引火，烧那棵槟榔树。不久树身咔嚓一声倒了下来。他俩又用火烧去芽苞外面裹着的坚韧扎手的叶片。一部分芽苞他们生吃了，另一部分芽苞他们放进余烬里烤熟后再吃。他们觉得生吃、熟吃都很可口。这顿饭虽然简陋，但他们回想起上午做了与人为善的好事，却吃得格外愉快。然而他们又想到这半日他们不辞而别，两位母亲在家一定着急，这愉快顿时变成了不安。维吉妮越想越不放心。感到体力已经恢复的保尔劝维吉妮不必发愁，他保证用不了多久他们就可回到家里，消释母亲们的牵挂。

吃罢饭,他们发觉事情难办:没有人领路,他们怎样回家呢?保尔倒是满不在乎,他说:"中午的时候,咱们家的小屋正对着太阳;咱们像上午来的时候那样,从对面那座有三个峰尖的山头上翻回去就是了。起来吧,伙计,开步走。"那个山头,名叫三乳峰,因为三个峰尖恰如三个奶头而得名①。两人这时从黑河边的小山头下来,走了约莫一小时,遇到一条大河挡住去路。这个海岛的大部分地方覆盖着密密的森林,人迹罕至,以致有不少河流和山峰至今尚未命名。兄妹俩面前的这条大河,在布满了石头的河床中滚滚奔流。隆隆的水声吓得维吉妮不敢下脚。于是保尔背起维吉妮,踩着河心中滑溜溜的石头蹚过河去;他不怕轰鸣的激流。他对维吉妮说:"别怕;跟你在一道我觉得浑身是劲。刚才黑河边的那个人倘若拒绝你的请求,不肯饶恕他的女奴隶,我甚至会

①不少山的峰尖,形状像奶头,这类山在世界各地都称作奶头山。这真是名副其实:因为河流和小溪正是从那些奶头上流下来,滋润着大地。那些山头便成了灌溉大地的主要江河的发源地。矗立在乳峰中央的峰尖不停地把周围的云雾引来化作雨水,注入江河。我们在前面的考察中已经说到大自然在这些方面令人惊叹的周密安排。——原注

动手打他一顿。"维吉妮说:"什么!跟个头这么大,模样这么凶的人打架吗?啊哟,我居然差点儿让你冒这样的风险!上帝呀,行善可真不容易!干坏事倒是不费劲。"过了河,保尔本想背着妹妹继续赶路,自以为起码还能背她走上半里地,一直登上三乳峰呢。谁知才走几步,他就已经精疲力竭了,只好把妹妹放下,两人一起坐着休息。维吉妮对哥哥说:"哥哥,日头西斜了,你还有力气,我可没有劲了……你把我留下,独自回去,叫母亲们不要着急。"保尔说:"不行,不行!我决不离开你。要是在林子里赶上天黑,我就再点一堆火,再烧倒一棵槟榔树;你吃树上的嫩芽苞,我用树叶给你搭个窝棚。"说话间,维吉妮休息过来了。她到一棵歪向河边的老树旁,摘了些攀挂在树干上的细长的凤尾草,给自己编了一双草靴。早晨她急于做好事,走得匆忙竟忘了穿鞋,她那双脚早已被一路的石头划得血迹斑斑。如今穿上草靴,顿觉松快多了。她又折了一截竹竿,一手拄着竹竿,一手扶着哥哥继续赶路。

　　他们就这样在树林里慢慢走着;可是树高叶

密，他们很快就看不到前进的目标——三乳峰了，连即将下山的太阳也不知去向。不久他们不知不觉偏离了那条小路，迷失在乱石交错，藤蔓纠结，无路可寻的树丛中间。保尔先让维吉妮坐下休息，他自己则失魂落魄似地四面乱闯，想从密密的树丛里找一条出路，闯了一阵却毫无结果。他爬上一棵大树，以为至少能看见三乳峰；可是爬到上面，却只能看到周围的树梢，其中有几棵树的树梢还映着落日的余晖。这时群山的阴影已经笼罩住谷下的森林；随着落日西沉，风也平息了下来；深山野林里一片静寂，只听到几头前来觅地过夜的野鹿不时发出呦呦的鸣声。保尔指望附近有人狩猎，兴许能听到他的叫唤，于是他拼命大叫："来人哪！快来救救维吉妮！"可是无人响应，只有林中的回声一次次重复着他的呼唤："维吉妮……维吉妮。"

保尔精疲力竭，垂头丧气地从树上下来，打算在这里过夜；可是这里既无泉水，也没有槟榔树，连用来引火的干树枝都找不到。他感到自己毕竟阅历有限，办法太少，急得哭起来。维吉妮对他说:"好哥哥,不要哭,不然我就更难受了。都怨我,害你受这样的累,咱们的母亲现在一定也心急如焚。真是的,不先问问母亲,什么事都不该擅作主张,就是做好事也得先问一声才行。唉!都怪我办事太冒失!"说着便泪如雨下。她又对保尔说:"哥哥,赶快向上帝祈祷吧,上帝一定会怜悯咱们的。"两人祈祷完毕,便听得有条狗在近处吠叫。保尔说:"这准是摸黑来打鹿的猎人带来的狗。"过了一会儿,吠声越来越近。维吉妮说:"我听来好像是咱们家的狗。是它!我听出来了,是忠忠的叫声。难道咱们已经离家不远,就在咱们家旁边的那座山的山脚下么?"果然,不一会儿,忠忠跳着蹦着来到他们跟前,那条狗汪汪叫着,嗷嗷吼着,又低声哼哼,扑到他们的身上亲热不休。兄妹俩正惊喜不已,这时多敏格已经跑了过来。见到善良的黑奴流着喜悦的眼泪跑到他们的面前,保尔和维吉妮只顾号啕大哭,竟说不出一句话来。多敏格镇静下来之后,说:"两位小东家,你们的母亲都快急死了。我早晨陪她们从教堂做完弥撒回来,见你们没在家,她们吓了一跳,问在院子里干活的玛丽。玛丽也不知道你们的去向。我急得团团转,不知道到哪里去找你们。后来我拿出你们俩的旧衣服,让忠忠嗅了一通①;那畜生好像明白我的用意,马上开始寻找你们的踪迹。它一路上晃着尾巴,把我领到黑河边上。到了那里,一个当地人告诉我,说你们把一名逃亡的女奴领回他家,他已经答应你们饶恕那名女黑奴了。唉,这算是什么饶恕呀!他让我看了看那女奴,原来他把她锁在一根木桩上,用铁链捆住双脚,用带着三个铁钩的铁圈紧紧箍住了她的脖子。离开那里之后,忠忠继续寻找你们的踪迹,它把我领上黑河边的小山头;一到山顶,它又停下拼命大叫。泉水边有一棵倒下的槟榔树,地上还有一堆余火在冒烟。最后,它又把我领到这里。咱们现在正在三乳峰的山脚下,离家还有四五里地呢。快来吃点东西,长长力气。"说罢,他拿出一大块糕饼,好些水果和一只装满饮料的大葫芦;这饮料是他

---

①黑人多敏格利用狗的嗅觉进行寻踪的办法,同克列夫格尔在他充满人情味的著作《一个美洲垦民的来信》中所述的野人铁文尼沙利用他的狗奥尼亚嗅物寻踪的描述极其相似。——原注

们的母亲用水、甜酒、柠檬汁、糖和豆蔻精心配制的,喝起来既爽口,又滋补强身。维吉妮想到可怜的女奴遭的罪,想到母亲们的担忧,不禁连连叹息道:"唉!要行善可真不容易!"保尔和维吉妮在一旁吃喝休息的当儿,多敏格已点着了火,他在山石间寻找一种名叫巡夜木的小树枝,那种树枝不必晾干,一点就着,而且火苗特别旺。多敏格用它当火把,因为那时天已经黑得伸手不见五指。临到他们起身要走的时候,多敏格才感到事情难办:保尔和维吉妮都累得走不动了;他们的脚红肿不堪。多敏格一时拿不定主意,不知道该去找人来帮忙呢,还是该在这里过夜。他对兄妹俩说,"要是以前,我可以把你们俩一起抱走。可是现在,你们都长大了,我也老了。"他正为难之际,忽然在离他们二十来步远的地方出现了一群逃亡的黑奴。领头的走到保尔和维吉妮的跟前,说道:"好心肠的白孩子,不要害怕;今天上午我们看到你们俩领着黑河边的一名女奴隶经过这里;你们是为她向她狠心的东家求情去的。现在我们把你们俩抬回家去,算是报答你们的好心。"说罢,他便使了个眼色,那堆人中立即走出四条精壮汉子,他们很快就用树枝和藤条做好一副滑竿,把保尔和维吉妮抱到滑竿上坐好。多敏格手举火把在前面引路,其他人兴高采烈地跟在后面;他们频频欢呼,为两个孩子祝福。维吉妮深受感动,对保尔说:"你看,好哥哥!真是谁做了好事,上帝决不会亏待他的。"

将近午夜,他们走到了离家不远的山脚下,只见坡上亮着几点火光。他们刚上坡,便听得有人喊道:"是你们吗,好孩子?"兄妹俩同黑人们齐声应道:"是啊,是我们!"接着,他们看到两位母亲迎上前来,玛丽举着火把走在前面。德·拉·杜尔夫人说:"可怜的孩子们,你们上哪里去了呀?真把我们急死了!"维吉妮忙答道:"我们从黑河那边回来,为一个逃亡的女奴隶求情去的。那女黑奴真可怜,今天早晨我把家里的早饭都给她吃了,当时她饿得要命;现在这些外逃的黑奴又把我们送回家来。"德·拉·杜尔夫人抱住女儿吻个不休,说不出话来。维吉妮只觉母亲的热泪濡湿了她的两腮,便对母亲说:"见到您,我一天的痛苦全都烟消云散了。"玛格丽特高兴得心花怒放，紧紧搂住儿子，对他说："儿呀，你也做了一件好事。"两位母亲带着孩子回到家里，给那些黑人饱餐了一顿；黑人们告别的时候，说了许多祝他们家业兴旺的吉利话，便返回林子去了。

从此他们天天过着太平幸福的日子。他们既不眼红别人，也不为野心而苦恼；他们不稀罕外界的虚名，因为那种虚名，处心积虑方能求得，却经不起人家飞短流长便可丧尽。他们但求凭良心办事。在这个海岛上，同在其他欧洲国家的殖民地上一样，一般人只对坑蒙拐骗的奇闻逸事津津乐道，至于这两家人的美德，乃至他们的姓名，别人全然不知；只偶尔有人在去柚林区的路上经过这里，随口问一声山下的居民："住在上面那两间小屋里的，是些什么人？"答话的人也并不认识他们，只随口答道："都是些好人。"好比荆棘丛中的二月兰，尽管人家看不到，它们的幽香却散播得很远。

这两家人的日常谈话，从不涉及别人的短长。那些对人家评头论足的谈论，表面很公允，其实总不免让人把心机耗费在仇恨和虚伪上面，因为如果一个人认为别人坏，就难免不恨人家，而与别人相处的时候又不得不将这种忌恨用虚情假意掩盖起来。所以，说三道四的嚼舌使得我们不能与人为善，甚至对自己也难免亏心。这两家人从不私下议论别人，只是商量着如何与人为善，虽然他们往往力不从心，但他们始终有一颗助人为乐的好心，时刻准备着善意地帮助别人。他们虽然生活在荒山野林，却毫不野蛮，倒是变得更讲人情。历来社会上的丑恶行径，从不成为他们的话题，大自然日新月异的变化，使他们心中充满愉快欢欣。他们醉心赞美造物主的神通，是造物主通过他们勤劳的双手把这个乱石纵横的荒山窝点缀得姹紫嫣红，万木争荣，处处充满了纯洁、朴素和永生永新的欢乐。

保尔十二岁那年，就比欧洲一般十五岁的男孩更强健聪慧。黑人多敏格只管耕种田地，保尔则刻意美化环境。他跟多敏格到树林里去刨柠檬树、柑橘树、罗望子树和椰枣树，把它们移植到园地的四周。罗望子树的树冠圆得可爱，青翠欲滴；椰枣树的果实有一股橘花的清香，果肉白嫩甜润。他还播了些花木的种子，都是第二年就能成树，就能开花结果的，比如有一种树名叫阿珈蒂，四周开出一串串小白花，就像大吊灯边上的一串串水晶坠珠；还有波斯丁香，树干上抽出一枝枝像麻秆一样挺拔的银灰色树杈，简直像一座银制的大烛台；不生枝节的番木瓜树，像一根长出好些绿球的柱子，树梢顶着一簇像无花果叶一样的宽大的叶片。

他还种了些巴旦杏、杧果、鳄梨、番石榴、面包果和蒲桃。成树之后，既遮阳，又结出累累果实。他那双勤劳的手，甚至让这个山窝里最贫瘠的地方都长出了茂盛的草木。在黑褐色的石头旁，长出了好几种芦荟，那一片片像手掌一样的肉质叶瓣上，开满了带红丝的黄花；还有浑身是刺的大山影，一株株挺然翘然，像要跟攀挂在陡峭崖壁上开着蓝花红花的藤科植物比个高下。

保尔把这些植物作了错落有致的安排，让人一览无余。他在盆地中央种些矮小的草木植物，四周种灌木，灌木的外圈是高矮适中的树，最后一排是大树;这样,站在中间看,这个宽阔的盆地好似一个圆形剧场,周围一层比一层高的青枝绿叶,繁花鲜果,就等于剧场里的观众席,而剧场的舞台则是中间的菜园、草坪、麦地和稻田。他虽按照自己的布局种植这些五谷瓜果、花草树木,却并不与大自然的法则相悖。

他根据植物各自的特性,在高爽的地带种植那些种子随风飘散的作物,在水边种植那些种子逐水浮动的品种。所以每种植物都各得其所地生长,每一片土地都得到适宜的植物的天然点缀。从崖上流注下来的水在崖下形成清涧和水塘,绿茵茵的水面像明镜一般映照出鲜花满枝的树木、嵯峨错落的山崖和清澄碧蓝的天空。

尽管这里的地形很不规整,可是所有这些花草树木大多是既可远赏又可近抚的。为了帮助保尔完成这样的园林布局,我们每个人着实出了些主意,卖了不少力气。他在山谷四周修了一条环行道,又开出几条支路直通盆地中央;那些高低不平的地方,他都因地制宜布置得极有情趣,非常和谐,使得起伏的曲径走上去如履平地,野生的树木与人工栽培的植物并生共长,相得益彰。这一带到处是大大小小的石头,连路上都尽是踢来滚去的绊脚石。保尔就地取材,用石头在这里堆座假山,那里垒座石塔,还在假山和石塔的底部,培上泥土,栽些玫瑰、刺梅,以及其他喜欢在石头缝里扎根的灌木。不久,阴沉单调、光秃秃的假山、石塔,都盖满了郁郁葱葱的青枝绿叶和鲜艳美丽的各色花朵。地沟两旁是弯腰曲背的老树,上面枝叶合抱,把地沟覆盖成溽暑不入的地道;大白天,人们就到这里来纳凉。每一条小路都伸进一片野树丛,每一片野树丛中央大风吹不到的地方,是一株结实累累的果树。那边种粮食,这里是果园。从这条路望去是田舍,从那条路望去是高不可攀的山峰。野树林中藤蔓纠结,叶茂枝繁,即使中午也很暗;可是从附近那个凌驾于群峰之上的山巅往下看,山谷里的一切又都历历在目;还能远眺大海,有时海面浮动着一艘大船,或许是从欧洲驶来的,或许是驶回欧洲去的。每逢黄昏,这两家人便登上高山之巅,默默呼吸清新的空气,饱享百花的芳香,聆听山泉的细语,沉醉在黄昏的美景之中。

在这迷宫一般的世外桃源,有多少幽境使人流连,而且每一景都有一个非常动听的名称。我刚才说到的那个山巅,因为站在上面老远便能看到我朝这里走来,所以名之为"友谊发现峰"。保尔和维吉妮出于好玩,在崖顶竖了一根竹竿,一看见我,他们就在竿上扯起一块白手帕,就像附近山头上的人看到有船驶来就升起信号旗一般。于是我就想到在竿上刻字留念。过去我到别处旅行,看到古代的雕塑和建筑,固然欣喜万分,可是当我发现一段铭文时,那就更加喜出望外。我简直好像听到了石头里发出几百年前的人声;那声音对我这个置身于荒野的过客说:你不孤单,有多少前人在这同一地点有过同你一样的感叹,一样的思绪,一样的痛苦。留下那段铭文的人,固然他所属的某个古代民族早已泯灭,无可考察,但他所留下的文字,却使我们的灵魂扩展到无限的空间,从而使我们意识到灵魂的不朽,同时也向我们的灵魂证明:一个堂堂帝国虽然会衰亡,但一种思想却可永垂千古。

所以我就在保尔和维吉妮竖立的旗杆上刻下了贺拉斯①的几句诗：

...Fratres Helenoe, Lucida Sidera,

Ventorumque regat pater,

Obstrictis aliis, Proet er iapyga.

这几句诗的大意是："愿海伦的孪生兄弟②，那一对明媚的星星，以及风的主宰，为你们指点迷津，愿他们只吹拂和煦的西风。"

我还在一棵名叫塔塔玛克的大树上刻下了维吉尔③的一句诗——保尔是经常坐在那棵树下眺望汹涌的大海的；这句诗的原文是：

Fortunatus et ille deos qui novit dgrestes！

---

① 贺拉斯（公元前65—公元前8），拉丁诗人，著有《短歌集》《长短集》《讽刺诗集》及《诗学》等。
② 即卡斯托耳和波吕丢刻斯。他们是天帝宙斯化作天鹅诱奸勒达而生下的孪生儿，后成为"双子星座"。
③ 维吉尔（公元前71—公元前19），拉丁诗人，著有《牧歌集》，史诗《伊尼德》等。

意思是说："孩子，你只认识田园里的神仙，你多幸福呀！"

我在他们两家相聚的地方，德·拉·杜尔夫人的小屋的门上，又刻下了维吉尔的另一句诗：

At Secura quies, et nescia fallere vita.

意思是说："这里有一颗善良的心，生来不知欺诈。"

可是维吉妮不赞成我刻拉丁诗；她说我刻在风信旗竿上的那几句太长，太深奥，还说："倒不如刻上'不止不息，始终如一'来得简要。"我回答说："你的这句格言，用来形容人的贞节更为合适。"这句评语，说得她飞红了脸。

这两个幸福的家庭，把他们丰富的感情倾注到周围的一切事物上去；他们给外表最无感情可言的事物，起了些最亲切动人的名字。保尔和维吉妮有时在一片由柑橘树、香蕉树和蒲桃树环绕的草坪上跳舞，这片草坪于是被命名为"协和草坪"。有一棵古树，当年德·拉·杜尔夫人和玛格丽特曾在树下倾诉过各自的悲惨身世，由此被命名为"拭泪树"。他们还把几小块麦田和种草莓和豌豆的几畦菜地，叫作"布列塔尼"和"诺曼底"。多敏格和玛丽也学主人的样，把一块割取编筐用草的地方和另一个种葫芦的地方，分别叫作"安哥拉"和"福叶班特"，借以缅怀他们各自的非洲出生地。这两家远离故乡的人，在此地以故乡的作物来寄托他们对祖国的亲切怀念，从而慰抚他们客居异乡的遗恨。唉！我亲眼见过这里的山川树木，在各有悦耳动听名称的那些年月里，曾经多么生机盎然呀，现在却荒芜零落，简直像一片希腊的原野，枉留下动听的名称，其实只剩下断垣残壁供人凭吊罢了。

然而，在这块盆地中最令人神往的，要算是那个名叫"维吉妮憩息地"的地方了。在"友谊发现峰"的下面，有一个山洞，洞里涌出一股泉水，在一片细草柔密的草坪中央，汇注成一泓清潭。玛格丽特当年生下保尔之后，我把别人给我的一只印度椰子作为贺礼转送给她。她就在潭边埋下了那只椰子，让它长成椰子树，以纪念她儿子的生日。德·拉·杜尔夫人生维吉妮的时候,也仿效她,在潭边另埋下一只椰子。这两只椰子后来先后长成两棵椰树,成为他们两家的活家谱;一棵名叫"保尔树",另一棵名叫"维吉妮树"。它们像两位小主人一样,一棵长得高些,另一棵略微矮些。十二年后,两棵树的高度都已经超过了小屋的房顶;树梢的枝叶交颈合抱,一串串椰果垂挂到清潭的水面。除去这两棵椰子树之外,山崖下那个洞府风貌,一如造物主当初点缀的原样,纹丝未改。棕褐色的、湿漉漉的洞壁上,阔叶灯芯草像一颗颗墨绿色的星星闪闪发光;茂密的凤尾草婀娜倒垂,像一条条绿里透红的彩带随风轻扬;周围的几处草地,开满了色泽艳丽、像桂竹香一样红得发紫的常春花,还有几株大红光亮的辣椒,赛过一枝枝晶莹的珊瑚。叶片呈心形的香草和气味像丁香的藿香,在这一带播满了沁人心脾的幽香。从崖下垂挂下来的藤蔓,像一幅幅巨大的翠绿色的锦幔,轻飘轻晃,映掩着山谷四周的崖壁。海上的飞鸟被这片世外桃源的宁静所吸引,飞来投宿。每当夕阳西沉,便见沿海一带海鸦、海燕结群飞来,高空还有乌黑的舰鸟和热带的白鸥,它们都跟着西下的夕阳纷纷离弃浩渺寂寥的印度洋,到这里来过夜。维吉妮喜欢到这个被姹紫嫣红点缀得无比富丽而又野趣盎然的泉边小坐憩息。她也常常到椰子树下浣洗全家的衣裳。有时候,她领着山羊来吃草。当她用羊奶打奶酪的时候,她爱看山羊爬上陡峭的崖壁觅食,或在一块突兀的石头上屹立,那时的山羊简直成了台座上的石雕。保尔看出维吉妮喜欢这个地方,便从邻近的树林里掏来各种各样的鸟窝。于是那些小鸟的父母也跟随窝里的雏儿一起到这个新的栖宿地定居。维吉妮常常撒些大米、玉米、黍子喂它们。只要她一来,那些鸣声婉转的鸫鸟,柔声低吟的梅花雀和毛色通红的赤鸟,便纷纷从树丛里飞出来;碧玉色的鹦鹉也从附近的蒲葵树上飞下,草丛里的山鹑争先恐后地扑来:它们活像一群争食的母鸡,都挤到维吉妮的身边。保尔和维吉妮兴致勃勃地观看鸟类竞相争逐,起劲地啄食和互相爱抚。

　　可爱的孩子们呀,你们就这样学习行善,天

真烂漫地度过你们童年的岁月!有多少回呀,你们的母亲,就在这个地方,把你们搂在怀里,她们想到你们将成为她们风烛残年时的莫大安慰,看到你们这样幸福地进入成年,而感激苍天!有多少回呀,我同你们的母亲一起,就在这山崖环抱的地方,分享不需杀生的田家素宴!桌上有盛满羊奶的葫芦,新鲜的蛋类,香蕉叶托着的米糕和一满筐一满筐的白薯、杧果、柑橘、石榴、香蕉、椰枣和凤梨。这一席美馔色泽鲜艳,味道香甜,营养丰富。

席间的交谈也同席上的美味一样洁净,一样甜蜜。保尔经常谈论的是当天的活计和明天的工作,他总是惦记着对大家都有益的事情。哪几条路得整治整治呀,哪个地方坐着不适意呀,哪几处的青藤架下的荫凉面积太小呀;再就是维吉妮在哪儿休息更舒服呀,等等。

雨季,主仆们整天在小屋里忙着编织草席和竹筐。耙子、斧子、铲子之类的农具整整齐齐地靠在墙边,一旁堆放着园地里出产的各色瓜果、大米、麦子和香蕉。常言道:"温饱在先,精致其后。"

玛格丽特和维吉妮的母亲教她用甘蔗、柠檬和枸橼果,榨汁酿制好几种露酒和通经活血的饮料。

天黑之后,他们在灯下用罢晚饭,德·拉·杜尔夫人或者玛格丽特便讲起故事来。讲的不外是夜行的旅客如何在欧洲盗贼横行的树林里迷了路,或是某一条航船在海上如何遇到风暴,后来又怎样被海浪卷到一个荒岛上等等。听到这类故事,多情善感的孩子们心里热乎乎的;他们感激上帝给他们格外的恩宠,使他们有朝一日能对那些身遭不幸的人表示宾至如归的欢迎。讲完故事,两家人便该分手睡觉了,他们总是恋恋不舍,恨不得转眼就天亮,好重新聚在一起。有时,他们在屋外瓢泼的大雨声中渐渐入睡;有时,他们听到阵阵大风把远处激浪拍岸的巨响隐约传来,他们便默默感谢上帝赐给他们安身之地,想到今日他们能躲避风险,就愈加感激上帝的恩德。

德·拉·杜尔夫人还常常读几段《新约》《旧约》里的感人的故事给大家听。他们倒很少就福音书的内容交谈什么大道理,因为他们的信仰就像崇拜大自然一样,全凭感情;同时他们的道德观念，也同福音书的精神一致，都贯彻在行动中。他们从来没有哪几天尽情玩乐，哪几天整日发愁的。对他们来说，每天都是过节。他们周围的一切，就是一座神殿，他们无时无刻不在赞叹法无止境、同人类亲近的神明的万能。这种对至高无上的神力的信仰，使他们回首往事时感到宽慰，面对现实时充满勇气，向往未来时满怀希望。这两位被厄运强行投入自然怀抱的妇女，就这样在她们自己的内心和孩子们的身上发展了大自然赋予人类的这些感情；大自然赋予我们这些感情正是为了使我们避免陷入不幸而不能自拔。

可是，最通达的人有时心头也不免因蒙上陡起的阴云而思绪不宁。他们之中倘若有谁面露愁容，大家便都围到他的身边，硬把他从痛苦的思绪中拉出来；倒也并非说一些慷慨的大道理，主要是靠感情去打动他。各人使用符合各自性格的方法：玛格丽特以嘻嘻哈哈的快乐情绪去感染对方，德·拉·杜尔夫人则亲切地规劝对方相信老天的公道，维吉妮以亲昵的温存进行慰抚，保尔用直言不讳的诚挚暖人心怀。连玛丽和多敏格也都前来解劝。看到别人难过他们全都分忧；一个人伤心，大家陪着落泪。好比弱不禁风的草木，只有紧紧地抱成一团，才抵挡得住风雨的摧残。

在风和日丽的季节，他们每个星期天都到山下的柚林教堂去做礼拜；你从这里能看到教堂的钟楼。有钱人也有坐轿子去的，他们看到这两家人这样团结和睦，好几次有意跟他们交个朋友，请他们一起玩玩，可是他们总是婉言辞谢，因为他们认准了有钱有势的阔佬之所以肯搭理无依无靠的弱者，无非是为了找几个凑趣捧场的人罢了；而要给人家凑趣捧场，就得对人家热衷的东西不论好坏一概赞扬才行。另外，他们也尽量不同那些低贱的人往来，那些人一般都好嫉妒，爱搬弄是非，见识短浅。所以，这两家人在有些人的眼里显得过于拘谨，而另一些人又觉得他们过于清高；可是他们尽管举止矜持，却总彬彬有礼，尤其对穷苦人更是殷勤亲切，因此久而久之得到富人的敬重和穷人的信任。

做完弥撒，经常有人求他们帮忙。不是有谁痛苦难解向他们请教高见，便是有哪个小孩求他们到附近家里去看望生病的母亲。他们也总是随身带些治疗当地常见病的药品，加上他们与人为善的态度，帮小忙往往见大效。他们尤其在解除精神痛苦方面成绩卓著。一个处境孤独的人得了疾病，精神痛苦确实难以忍受。德·拉·杜尔夫人一片真心跟病人宣讲上帝的英明，听她说得如此虔诚，病人简直以为上帝就近在眼前。维吉妮从病人家回来的时候，眼眶里经常含着热泪，心头却充满了喜悦，因为她总算得到了行善的机会：是她事先给病人准备了必需的药品，又是她把药递给病人服用，她当时那样温柔体贴，简直非笔墨所能形容。看望过病人之后，他们有时绕道进长山脚下我家里小坐，我在房屋附近的小河边等他们一起吃饭，趁此机会，我拿出几瓶陈年葡萄酒，用这种香甜可口、活血提神的欧洲产品来增添我们印度式便宴的情趣。有时我们约好在海边几条小河的入海口聚会，所谓小河，在这里其实不过是大一些的溪流。我们从家里带去些蔬菜水果，到了那里再添上几道海味。这一带沿海的海产很丰富，有狗鱼、珊瑚虫、绯鲤、龙虾、大虾、海蟹、海胆、牡蛎以及各种各样的海蚌和海螺。惊涛骇浪常常为我们提供心旷神怡的享受。有时我们在一面毛茸茸的峭壁下，安坐在巨石上观看从茫茫海面卷来的滚滚怒涛，只听得轰然一声，海浪在我们的脚下撞得粉碎。保尔的水性简直比得上海里的鱼，有几次他居然迎着风浪朝礁石那边游去，眼看快要触上礁石，他转身一溜，蹿出了旋涡，扭头便向岸边游回来，而那一连串咆哮着、喷吐着白沫的旋涡却在他后面紧追不放，一直跟他冲上海滩。维吉妮看到这种情景吓得尖声大叫，她说她怕看这种跟海浪追逐的游戏。

我们吃罢野餐，两个年轻人便以歌舞作余兴。维吉妮唱的是其乐陶陶的田园生活和海上漂泊的悲惨遭遇，那些可怜虫皆因为贪财，放着平平安安为我们提供收成的田地不种，偏要到怒潮汹涌的海上去冒险。有时候，她跟保尔一起表演黑人的哑剧。哑语是人类最早的语言，也是世界各国人民都能懂得的，它是那样自然，那样善于表达，白人的孩子看到黑人比画的手势，很快也就学会了。维吉妮想起母亲给她朗读过的书中最动人的几段故事，便用非常天真的手语，表演故事的主要情节。这时多敏格敲起手鼓伴奏，鼓声一响，维吉妮头顶水罐走上草坪；只见她胆怯地朝附近的泉水边一步步走去，想去汲水。多敏格和玛丽扮作米甸①的牧羊人，不许她走近泉水，做出把她推开的动作。保尔赶来帮助维吉妮打跑了牧羊人，替维吉妮装满水罐，又帮她把水罐放到头上，接着给她戴上一顶用红色常春花编成的花冠，使维吉妮显得格外白净娇媚。这时该我登场了，我扮演祭司忒罗这个角色，把女儿西坡拉许配给保尔扮演的摩西。②

还有一次，维吉妮扮演苦命寡妇路得。贫穷的路得回到亡夫的故乡，她觉得自己简直成了陌路人。多敏格和玛丽装作农夫在收割庄稼，维吉妮跟在他们的后面假装东找西寻拾麦穗。保尔扮演一位庄重的族长，过来盘问她；她诚惶诚恐地回答他的盘问。族长大动恻隐之心，同意收留下

---

① 阿拉伯半岛西北沿海一带的古称。
② 这是摩西逃出埃及，到米甸后与西坡拉结亲的故事，见《旧约·出埃及记》第二章。

这无辜的妇女,给苦命寡妇一个安身之地。他用各种各样的食物塞满了维吉妮的围裙,又把她领到我们跟前,也就是当地元老们的跟前,公然宣布他不嫌这女子贫穷,要娶她为妻。①德·拉·杜尔夫人看到这样的场面,想起自己当年被亲人忍心抛弃,后来又不幸成了寡妇,总算遇到玛格丽特好心收留,到如今只盼望孩儿们日后终成眷属,一时触景生情,失声痛哭起来;这段交织着惨痛和幸福的往事,也使我们每一个人淌下了悲喜交集的热泪。

戏演得如此逼真,一时间我们都仿佛置身于叙利亚或巴勒斯坦了。我们并不缺少适合这类演出的布景、照明和音响。演出一般在林中空地上进行。纵横的林间小道在我们周围形成了一条条枝叶覆顶的拱廊。我们在这些拱廊的中央,白天受不到暑气的侵袭;当夕阳西斜到地平线上的时候,它的余晖从树干之间向阴暗的林中射进一道道长长的光束,形成极其壮观的照明效果。有时

---

① 这是路得再醮富翁波阿斯的故事,见《旧约·路得书》。

候,一轮夕阳完整地出现在林间小道的尽头,小道被照得熠熠发光。鲜红的夕阳从下面照亮了树叶,一片片树叶闪耀出黄宝石、绿宝石一般的光彩。结满苔藓的棕褐色的树干,则成了一排排古代的青铜圆柱。连已经飞进黑暗的树枝间准备悄然栖宿的鸟儿也被夕阳惊醒,以为又是黎明,纷纷用呖呖的百鸣千啭来欢迎曙光的照临。

这类野外游戏常常使我们乐而忘返,而不觉夜已降临。然而这里的空气清新,气候宜人,我们可以搭个窝棚在林中过夜,不必害怕有贼来干扰,也不必害怕家里被盗。第二天我们各自回家,家中的一切仍是我们离家时的原样。当时这个岛与外界无甚来往,因而民风淳朴,许多人家根本不锁门,以致不少当地出生的白人后裔看到锁觉得是件稀罕的东西。

一年之中,有两天对保尔和维吉妮来说是特别高兴的,那就是他们两位母亲的生日。维吉妮总是在头一天就揉好面团,做好点心,分发给几家穷苦的白人吃;那些人都是在这岛上出生的,从来没吃过欧洲的面包;他们买不起黑奴帮着干活，只好靠荒山野林里的木薯糊口。他们既没有受过奴役而养成麻木不仁的品性，又没有受过教育而学得勇敢无畏的精神，只得无可奈何地熬苦受穷。维吉妮知道自己家的收入也有限，只能做几块糕点送给他们聊表心意，礼虽轻却显得格外珍贵。先是由保尔挨家去送，那些人家收下点心时说好明天亲自登门向德·拉·杜尔夫人和玛格丽特当面道谢。第二天，有一位母亲果然领了两三个面黄肌瘦、可怜巴巴的女孩子串门来了。那几个女孩子怯生生地连头都不敢抬。维吉妮很快使她们不再拘束；她端出几种清凉饮料请她们喝，还说这种饮料是玛格丽特大妈做的，那种饮料是她母亲做的，果子是哥哥亲自上树摘的。她认为说说这些具体情节能让几位姑娘喝得更有滋味。她们听后果然更觉得饮料香甜可口。维吉妮还要保尔跟她们一起跳舞，总之不看到她们心满意足她是决不罢休的；她要一家人都欢天喜地，用欢乐的情绪去感染那几位姑娘，叫她们也高兴起来。她常说："只有关心别人幸福的人，自己才能得到幸福。"女孩子们要回家的时候，她要她们把喜欢的东西带回去,她借口说这东西新鲜,那东西特别,其实是为了要她们收下她的礼物。如果她发现她们衣裳太破旧不堪,就征得母亲的同意,从自己的衣裳里挑出几件来送给她们;她总是派保尔偷偷把衣裳放到她们的家门口。这样,她就像神仙那样,行善而不留名。

你们这些欧洲人呀,自小思想中就充满了与幸福格格不入的各种偏见,你们无法想象大自然能赐予我们多少光明,多少欢欣。你们的灵魂局限于人类知识的狭小天地,很快就达到人为享受的极限;可是大自然和心灵却是永不枯竭的。保尔和维吉妮没有钟表,没有历本,没有年鉴、通史和哲学之类的书籍;他们的生活时序,同大自然的时序合拍;他们看树影的移动,知道一天的时辰;从开花结果来分辨一年四季;以收获的次数来计算过了多少年。大自然的良辰美景使他们的谈话内容充满动人的魅力。"该吃午饭了,"维吉妮对家里人说,"香蕉树的影子已经照到树根了。"或者说:"天快黑了,罗望子的树叶都已经合上了。"有时候,邻近的女孩子问她:"你什么时候来看我们?"她回答说:"收甘蔗的时候。"那些姑娘接言道:"那时候,你来看我们,我们就会更感到甜蜜,更感到高兴。"当别人问维吉妮有多大,保尔有多大时,她就说:"我哥哥跟泉水边上的那棵大椰子树同岁,我跟小的那棵同岁。我出生之后,杧果树结了十二次果,柑橘树开过二十四次花。"他们的生命跟牧神和林中女仙一样,是同树木花草的生命息息相关的。他们除了知道两位母亲一生中经历过几次变迁,对于别的历史阶段一概不知;他们除了知道果园里的果树什么时候开花,什么时候结果,对于别的时序一概不了解;他们除了知道与人为善,对上帝的意志应当绝对服从,别的哲学他们全然不清楚。

  总之,这两位青年有什么必要成为一般人心目中的富翁和有学问的人呢?他们的需要和无知使他们更加自得其乐。他们没有一天不互相帮助、彼此启蒙;是的,这是名副其实的启蒙。心地纯洁的人即使有差错也决不会错到令人心寒的危险地步。这两个大自然的孩子就这样成长起来。从来没有什么事情能让他们愁得额头起皱纹,也从来没有什么放纵的行为损害他们的秉性，更从来没有任何不良的欲念腐蚀他们的心灵。友爱、天真和悲天悯人的胸怀，使他们的灵魂益发美奂绝伦，他们的容貌、神态、举止，也因而更显得潇洒脱俗。他们充分地享受到这人之初的清新空气：真好似刚被上帝创造出来的人类的始祖一样，最初生活在伊甸园里，朝夕相见，心地纯洁地在一起游戏和交谈；温柔、谦和、诚挚的维吉妮就像夏娃，身材已经长得像个男子汉而心地依然像孩子般单纯的保尔，则等于亚当了。

下面的话，保尔曾对我讲过多次。他说，当他干完活回家，单独跟维吉妮在一起的时候，对她说过："我累了，可一见到你，疲劳就消除了。我在山上，看到你在下面的果园里，像一株含苞待放的玫瑰。如果你当时正向妈妈的小屋走去，你的体态就活像一只朝小雏跑去的山鹑，不过山鹑的胸脯没有你这么优美，山鹑的步履没有你这么轻盈。虽然树林挡住了我的视线，我用不着看见你也能找到你的踪迹：在你经过的空气中，在你坐过的草地上，我总觉得仍留有你身上的余香。

当我走近你的时候,我的一切感官顿时如痴如醉。蔚蓝的天空比不上你的蓝眼睛美,梅花雀的啭鸣比不上你的声音柔和动听。我的手指尖只要一碰到你,就顿觉一阵快感,引得周身震颤。你还记得那天咱俩踩着水中摇晃的石头蹚过三乳峰下的大河吗?其实刚到岸边的时候,我已经很累了;谁知当我把你背起来之后,居然觉得自己像长了翅膀的小鸟一样轻快。告诉我,你具有什么魅力使我这样着迷?是你的智慧吗?可是两位母亲的智慧比咱们两人的智慧加在一起还要强几倍呢。是你的温柔体贴吗?可是两位母亲对我的爱抚远比你多。我想一定是你的善良感动了我。我永远也不会忘记你那天光着脚板居然一直走到黑河边去为一个逃亡的女奴隶求情。你看,亲爱的,我为你在树林里摘来了这枝洁白的柠檬花,你夜里把它插在你的床头。你再来尝尝这窝蜂蜜,我专为你爬到崖顶去掏来的。不过你现在还是先在我的怀里躺一会儿吧,我周身的疲劳马上会消除。"

维吉妮回答说:"哥哥呀!早晨我看见阳光照到了崖顶时,我的心情都不如见到你那么愉快。我爱我的母亲，也爱你的母亲；当我听到她们叫你一声'儿子'的时候，我就更爱她们。看到她们亲你疼你，我同样感到温暖，好像她们在疼我亲我一般。你问我，你为什么爱我……因为在一起长大的小生命都是相亲相爱的呀。你看咱们的小鸟，它们是在一个窝里长大的，它们也像咱们一样相亲相爱。你听它们隔着枝头还在彼此呼应。同样，你在山上吹响笛子，曲调传到我的耳畔，我在山下就随着曲调吟唱歌词。尤其是自从那天你差点儿同那个奴隶主打一架之后，我更觉得你对我贴心。从此我天天心中默念：啊，我哥哥心地多么善良，若没有他陪伴在我身旁，我早就吓死了。我天天向上帝祈祷，求他保佑我的母亲，你的母亲，保佑你，保佑咱们家的那两名可怜的佣人；可是每当我说到你的名字，心里顿觉格外虔诚。我多么恳切地祈告上帝保佑你逢凶化吉，免遭灾难呀！你为什么要走得那么远，爬得那么高去给我摘果子、采鲜花呢？咱们自己的园子里不有的是吗？瞧你累成这样，浑身是汗。"

说罢，她用洁白的手帕给他擦掉头上和腮边

的汗水，又疼爱地亲他。

然而，近来维吉妮忽然感到从未有过的不痛快，搅得她心绪不宁。美丽的蓝眼睛周围添了一圈黑影；脸色发黄，浑身乏力。她的额上已不再是一派安详，嘴角已不挂一丝笑意；并没有特别高兴的事，她会突然嘻嘻笑起来，并没有难受的事，她又会突然愁容满面；她避开青梅竹马的游戏，抛下她所喜欢的家务和她所热爱的一家老小，独自跑到园中最僻静的角落去踟蹰徘徊，她本想寻找个能安心休息的地方，却没有一处称她的心意。有时候，她见到保尔，高高兴兴地朝他走去，可是还没有走到他的跟前，忽然又感到窘迫，苍白的脸上泛起红晕，竟不敢抬眼凝视保尔的眼睛。保尔说："郁郁葱葱的草木长满了山崖，咱们的小鸟见到你便啾啾欢唱。你周围的一切都这样高兴，为什么唯独你一人愁眉不展？"保尔搂住她，亲她的脸，想逗她高兴；她却扭身便跑，激动得浑身发抖，躲到母亲身边去了。哥哥的亲昵竟使得可怜的妹妹惶恐不安。妹妹近来如此喜怒无常，保尔只觉得莫名其妙。然而偏偏又祸不单行。

热带地区的溽暑往往把大片土地摧残得万木凋零,有一年夏天,酷热把肆虐的魔爪伸到了这里。那时大约十二月底,南回归线上的日头以直射的烈焰把法兰西岛足足烤了三个星期。过去岛上几乎整年不断的东南风消失得无影无踪。路上扬起的烟尘居然久久地悬在半空。土地到处龟裂;草都枯黄了;山坡上冒出一股股热气,溪水大多干涸。海上不见有一丝云彩飘来;大白天只见地上升起一团团赭红色的雾气,到太阳下山时,这一团团雾气竟像熊熊的火苗。即使天黑之后,热烘烘的大气中也没有半丝凉意。一轮通红的月亮大得出奇,冉冉升到雾蒙蒙的天边。倒卧在山岗上的羊群,翘起了头,大口大口地喘气,它们凄厉的哀号响彻山谷。连放羊的卡菲尔人①也都伏在地上,想得点凉气;可是地上却热烘烘的,闷热的空气里一群群蚊蝇嗡嗡不休,想吸点人和动物的血解渴。

有一天夜里,天也这样闷热,维吉妮感到周

---

① 非洲东南沿海说班图语的一个黑人种族。

身的不适更厉害了。她坐起来,又躺下去,怎么都不得劲儿,就是睡不着,心静不下来。她乘着月色向泉边走去,远远看到,尽管天气干旱,泉水却仍一丝丝地沿着棕褐色的崖壁潺潺流下来。她跳进水潭,清凉的泉水顿时使她周身舒畅,令人心驰神往的回忆,桩桩件件浮现到她的脑际。她想起小时候,她的妈妈和玛格丽特总喜欢把她和保尔一起放进这水潭里洗澡;后来保尔用细沙铺平了潭底,又在潭边种了许多香草,将水潭专供维吉妮一人使用。她从水里隐隐约约地看到他俩出生的时候先后种下的那两棵椰子树的倒影,那影子此刻就浮动在她赤裸裸的双臂和胸前;树梢的枝叶和尚未熟透的椰子,就在她的头上交颈合抱。她想起了保尔的情谊,真比芳草还要温馨,比泉水更加纯净,比合抱在一起的椰子树更亲密坚贞,她不由得长叹一声;她想到在这沉沉黑夜,竟独自来到这里,忽感到迎面有一团火朝她猛扑过来。她惊惶起来,连忙离开这危险的树荫,跳出这比热带毒日更灼人的水潭,一口气跑回母亲的身边,寻求克制自己感情的力量。好几次,她想把心中的苦闷向母亲倾诉，可是只紧紧捏住了母亲的手，难以启齿；好几次，保尔的名字已到嘴边，可是心头一阵发紧，张口结舌不知如何说才好，只好伏在母亲的怀里，听任滚滚的热泪沾湿母亲的衣襟。

德·拉·杜尔夫人对女儿的心病早已猜透，只是不敢说穿。她对女儿说："孩子，你有话就跟上帝说吧，咱们的健康，乃至生命，全受上帝的支配。他今天用苦难来磨炼你，为的是日后赐给你幸福。要记住：人生在世，就得修身养性，陶冶情操。"

过分的炎热使洋面蒸发出大量水汽；浓密的蒸气像一把巨伞笼罩在海岛上，群山的峰巅把氤氲的云雾集聚到周围，烟雾缭绕的山尖不时迸射出一道道闪电。震耳欲聋的霹雳接踵而来，滚滚的雷声响彻树林、山谷和平原；雷声的余音未绝，暴雨已像巨大的瀑布塌天而降。山洪沿着崖壁倾泻下来，这个盆地顿时汪洋一片。小屋所在的一小块高地成了孤岛，北去的山口成了水库的闸门，咆哮的山洪把泥土、岩石和树木一起卷走了。

他们全都聚集在德·拉·杜尔夫人的小屋里，吓得簌簌发抖，念念有词地祈祷上帝。小屋的屋顶经不起风吹雨打，发出吓人的声响。虽然门窗紧闭，但由于外面强烈的闪电接连不断，电光从房梁接缝的空隙射进来，竟把屋里照得通明。无所畏惧的保尔带领多敏格在两所小屋之间来回奔忙，他不顾狂风暴雨，一会儿支根木柱加固墙壁，一会儿又钉根木桩护住墙基，还要抽空进屋安慰大家，说不久就会雨过天晴。黄昏前后，雨果然停了；东南方又吹来往日的信风；夹带着暴雨的乌云往东北方去了，地平线上露出了西沉的夕阳。

维吉妮头一个愿望就是想去看看她平时休息的地方。保尔怯怯地走到她的跟前，伸出手臂，邀她同行。维吉妮莞尔一笑，挽住他的胳膊，两人一起走出小屋。外面空气清爽，水声淙淙；山头上袅袅飘动着团团白烟，山坡上处处是山洪冲出的一道道沟壑，沟壑里仍流着山洪的余水，只是愈流愈细。他们的花园也被洪水冲得沟壑纵横，满目狼藉；果树大多被冲倒，树根已经朝天；泥沙覆盖着一片片草地，维吉妮平时沐浴的水潭也灌满了沙石。然而那两株椰子树却依然挺拔地站立着，枝叶比往常显得更青翠；只是树旁已没有草坪、凉棚和小鸟，剩下的几只梅花雀在附近的崖畔切切哀鸣，为失去自己的小雏而悲啼。

维吉妮看到这派凄凉的景象，对保尔说："你当初把鸟儿迁居到这里，如今它们都被狂风暴雨残杀了；你当初在这里建造了一座花园，如今也被狂风暴雨摧毁了。可见尘世间的一切早晚都会泯灭，亘古长存的，唯有苍天。"保尔回答说："我恨不能送你几件天上的东西！只可惜我一无所有，连地上的东西也都不属于我。"维吉妮涨红了脸接言道："你那幅圣保尔的肖像可是属于你的呀。"维吉妮的话音刚落，保尔已经跑到母亲的小屋里去找那幅圣徒肖像了。那是一幅极精致纤巧的肖像，画的是隐士保尔。玛格丽特把它当作宝贝；她做姑娘的时候就总把它挂在胸口。甚至有过这样的事：她怀上孩子又被人抛弃之后，由于她时时端详这位在孤独中获得造化的圣徒的肖像，以致后来生下的儿子居然同圣保尔有几分相像，于是她决定让孩子与圣保尔同名，让这位受到世人欺骗和唾弃之后远离尘俗、在孤独中了却一生的圣徒，做她儿子的保护神。维吉妮从保尔手中接过这幅小画像，激动地对他说："哥哥，只要我活在世上，这幅像我永远随身带着；我永远不会忘记，你把你唯一的一件宝贝送给了我。"保尔听出这话中透露的情意，看到她出其不意地恢复的往日的温柔，真想上去把她搂在怀里亲吻；可是维吉妮却一转身像小鸟一样轻盈地避开了，弄得保尔一时六神无主，不明白这种反常的举止究竟是什么意思。

倒是玛格丽特跟德·拉·杜尔夫人开口了："咱们何不让两个孩子成亲呢？他们俩已经爱得挺热火，只是我那个傻儿子还没有明白罢了。一旦大自然给他开了窍，到那时咱们就看不住他们了，岂不叫人担心？"德·拉·杜尔夫人回答说："他们俩还太年轻，也太穷。要是维吉妮生儿育女又无力抚养，眼睁睁看着孩子受苦受穷，到那时咱们该有多难过！你的黑奴多敏格已经老得不中用了，我的玛丽如今也病病歪歪；至于我，朋友呀，这十五年我一年不如一年。热带地方的人本来就老得快,再加上愁苦的催逼就老得更快。咱们唯一能指望的,也只有保尔一人。倒不如等他长成个轩昂的男子汉,有了干活养家的能力之后,再议婚不迟。眼下你是知道的,咱们不过是勉强应付每天的粗茶淡饭,没有多少富余。何不让保尔到印度去做一阵买卖,赚点钱买个把奴隶回来,到那时再让他同维吉妮成亲。照我看除了你的儿子保尔之外,别人谁也不会称我女儿的心。这件事咱们不妨先找乡邻商量商量。"

果然,两位老太太找我商量来了。我赞成她们的主张,我说:"去印度,海上倒是一路很太平的。要是赶上顺风,至多不过六七个星期就能到达,回来也只需六七个星期。咱们在这里给保尔筹备一批货物,左邻右舍都是肯帮忙的,因为他们都喜欢保尔这孩子。咱们让他带些皮棉,反正咱们这里没有轧棉机,留着也没有用处;再让他带些乌木,这里乌木多得很,平时都当劈柴白白烧掉了;还让他带些树脂,在这里都是任它在树林里流掉的。这些东西虽然在咱们这里一无用处,一到印度,销路却很俏。"

我答应向德·拉·布尔道奈总督去申请登船许可证,但还想先给保尔打个招呼。不料他头头是道回答我的那番话,真不像是他那么大的孩子说得出的,听得我惊诧不已。他说:"你们为什么非要我抛下家庭出远门去挣钱呢?天下哪有什么买卖比种地更有出息?种地往往是种一收百。真愿意做生意的话也不必去印度,只消把剩余的农产品拿进城去卖就是了。妈妈说多敏格老了,不中用了;可是我年纪轻轻,力气一天比一天大。我若不在家,万一家里有什么事,尤其是万一维吉妮——她已经身子不舒服——有什么三长两短,可怎么办?不行,绝对不行,我不能狠心离开一家老小。"

他说得我左右为难,因为德·拉·杜尔夫人没有把维吉妮的情况对我隐瞒,也把她自己的想法如实告诉了我:她是想暂时让这对年轻人分开几年,让他们再长几岁。可是,这个念头,我不仅不能让保尔知道,甚至不敢让他猜到。

在这前后,有一艘船从法国给德·拉·杜尔夫人捎来了她姑母的一封信。像她姑母这样的狠心女人,也只有死到临头才会良心发现。如今她已一天天感到老之将至。她大病一场之后,身体日益虚弱,而且毕竟上了年纪,要恢复看来是不容易了。她来信要侄女回法国,如侄女的身体经不起长途劳顿,就把维吉妮送去也成,她要给维吉妮受良好的教育,还要把她许配给世家子弟,至于她的全部财产,她都打算遗赠给维吉妮做嫁妆。她还说,只要维吉妮听话,她决亏待不了她。

听德·拉·杜尔夫人念完这封信,一家大小顿时心乱如麻。多敏格和玛丽呜呜地哭了。保尔意外得呆若木鸡,看样子随时都会暴跳起来。维吉妮两眼直勾勾地看着母亲,不敢出声。玛格丽特问德·拉·杜尔夫人:"你们就打算走吗?""不,好朋友,"德·拉·杜尔夫人答道,"不,孩子们,我决不离开你们。我跟你们一起生活了这么久,就是死我也要死在你们的身边。有了你们温暖的友谊,我才得到幸福。我体弱多病,都是过去的穷愁潦倒造成的。我的长辈们对我那样狠心,亲爱的丈夫又不幸早亡,我怎不伤心至极呢?多亏后来跟你们在一起,住进这简陋的小屋,我才得到莫大的安慰和无上的幸福。当初我们家虽很有钱,我在家时对于这样的安慰和幸福却连想都不曾想过。"

听她这么一说,大伙儿高兴得流出了眼泪。保尔搂住德·拉·杜尔夫人说道:"我也决不离开你们,我不去印度。好妈妈,我们都要拼命干活来赡养您老人家,跟我们在一起,您决不会缺吃少穿的!"可是,在这些人中,虽然表面上不像别人那么兴高采烈,实际却最受感动的,是维吉妮。她后来一直很高兴,大家见她恢复了常态,心情也就格外舒畅。

第二天,太阳才出山,他们像往常一样刚在餐桌前做完早祷,多敏格忽来通报,说有位先生带着两名奴隶骑马朝这里走来。来人正是德·拉·布尔道奈先生。他走进小屋,一家人正准备吃早饭。维吉妮按当地的习惯,把咖啡和米饭端上饭桌,另外还有热气腾腾的甘薯和新摘的香蕉。餐具是葫芦瓢,餐巾是香蕉叶。总督大人先是大吃一惊,他万万没有想到他们的生活如此清苦。接着他对德·拉·杜尔夫人说,他实在是由于公务缠身,有时照应不到旁人,而德·拉·杜尔夫人是理应得到他的照应的。他还说:"夫人,您在巴黎有一位富贵双全的姑母,她要把家产都传给您,就等着您回去呢。"德·拉·杜尔夫人回答说,她身体不行,出远门是吃不消的。德·拉·布尔道奈先生接言道:"至少您得为您的女儿着想吧?她这么年轻可爱,您怎能忍心剥夺她继承偌大一笔家产的权利呢?不瞒您说,令姑母已经委托官府,要把她领回去。上峰也给我发来公函,嘱咐我必要时动用权力;不过我只在为殖民地居民谋福利的时候才会动用权力,所以要等您自己做主。最多熬上几年,您女儿的家业和您这后半生的安乐就都有靠了。人为什么要漂洋过海?还不是为了挣一份家产?如今家乡有一份现成的家产唾手可得,岂不更省心吗?"

说着,他从黑人随从手中接过一大口袋金币,放到桌上,继续说道:"瞧,这就是令姑母给千金准备行装的钱。"最后,他慈祥地埋怨德·拉·杜尔夫人,怪她不该明明有困难却不跟他打声招呼,同时又夸她为人刚强,实在了不起。保尔接茬说:

"大人,当初母亲找过您,您对她很不客气。""怎么,夫人,"德·拉·布尔道奈总督忙问德·拉·杜尔夫人,"原来您还有一个儿子吗?"夫人答道:"不,这是我女朋友的儿子;可是我和我的女朋友都把这孩子和维吉妮当作自己亲生的儿女。"总督对保尔说:"小后生,等你有了点阅历,你就会明白,当官的其实也很可怜;你会知道让他们先入为主真是容易得很,他们因而往往看不到被埋没的品德,而把应该属于品德高尚的人的东西轻易地给了阴谋钻营的人。"

德·拉·布尔道奈先生接受德·拉·杜尔夫人的邀请,坐到她的旁边共进早餐。他也学当地白人后裔的样子,在咖啡里拌上一点米饭。看到小屋收拾得这样整洁,两家人又如此和睦团结,连老仆都忠心耿耿,布尔道奈先生惊喜不已。他说:"屋里虽然只有些木制家具,可是屋里的人个个神色知足,心地纯洁。"保尔见总督谈吐随和,十分高兴,便对总督说:"我愿意同您交个朋友,因为您是个正派人。"德·拉·布尔道奈先生愉快地接受了岛民的这种诚挚的表示。他握住保尔的手,搂着他吻了一吻,并向他保证说,他的交情也是靠得住的。

吃罢早饭,总督把德·拉·杜尔夫人拉到一边,对她说,眼下就有机会把她女儿送回法国,有一条船不日启航,赶巧他有位亲戚太太也乘那条船,他准备把维吉妮拜托给那位太太照应;他还说,千万不要只图眼前这几年的团圆而白白放弃偌大的一笔家产。临走的时候,他又说:"令姑母拖不过三年两载的了;她的朋友们早跟我说过。您好自斟酌。红运并不天天都碰得上。您找人商量商量。明智的人都会同意我这个看法的。"德·拉·杜尔夫人回答说,她别无他念,只盼女儿日后幸福,所以去不去法国,得由女儿自己做主。

能有机会让维吉妮同保尔分开一段时间,而且日后会给他俩都带来幸福,德·拉·杜尔夫人并非不乐意。所以她把女儿叫到一边,对她说:"孩子,咱们的佣人都老了;保尔还太小,玛格丽特又上了年纪;我已经不中用了。万一我死了,你没有家产,在这荒山野林里可怎么过呀?到时候,你孤苦伶仃,谁也帮不上你的忙,为了糊口,你只好像苦力似的,成天埋头在田里没完没了地干活。我一想到这些就心如刀割。"维吉妮回答说:"上帝罚咱们干活。多亏您教会我干活,教会我天天祈祷。上帝一直没有抛弃咱们,以后也决不会抛弃咱们。天意对落难的人尤其照应得周全。这个道理,妈妈您过去反复给我讲过。我是无论如何狠不下心离开您的。"德·拉·杜尔夫人十分感动,说道:"我本没有别的打算,只盼你能过上幸福日子,保尔不是你的亲哥哥,有朝一日总要让你跟保尔成亲。你自己好好想一想,他走不走运全得靠你哪。"

大凡热恋中的姑娘总以为别人都蒙在鼓里,总把掩盖心事的薄纱挡住自己的眼睛。可是一旦有哪个好心人把这层薄纱轻轻挑开之后,隐藏在内心深处的爱的苦衷便像决堤的洪水一涌而出,过去是守口如瓶,躲躲闪闪,如今是剖心倾诉满腹的温情。维吉妮为母亲方才一番慈爱的表白所感动,她把自己经历过多少次只有上帝才一清二楚的内心斗争,一五一十地告诉了母亲;她说,今天母亲对她所暗自倾心的人表示赞同,还谆谆教导她如何对待，显然是天意相助；如今既然得到了母亲的支持，她更应该侍奉在母亲身边，因为她已既无近忧，更无远虑了。

德·拉·杜尔夫人发觉她的信任竟然产生了相反的效果，便对女儿说："孩子，我不想勉强你；望你自己多加斟酌。不过你万万不能让保尔知道你爱他。一个女孩子一旦心事被她所爱的人摸透，那么她所爱的人对她也就无所求了。"

傍晚前后，只有德·拉·杜尔夫人同维吉妮两人在屋里，这时有位身穿蓝色教袍的高个子男人走了进来。他是岛上的传教士，也是德·拉·杜尔夫人和维吉妮的忏悔神甫。是总督派他来的。他一进屋便说："孩子们，感谢上帝！你们发财了。从此你们可以听凭自己的心愿为穷人造福了。我已经知道德·拉·布尔道奈先生是怎么跟你们说的，也知道你们是怎么回答他的。好心肠的妈妈呀，您体弱多病，只好留下；可是你，小姐，你没有理由不去呀。你得服从上帝的安排，听从长辈的话，即使长辈不对，也不得违拗。这确实是一种牺牲，可是上帝要你这样去做。上帝一心一意为咱们着想,咱们也得以他为榜样,一心一意地为全家人的幸福献身。你去法国就会得到一个圆满的结果。亲爱的小姐,你当真不肯去吗?"

维吉妮两眼朝下,颤声答道:"如果真是上帝的安排,我决无二话。上帝的意志总得照办的!"说着,她流下了眼泪。

传教士完成了使命,到总督那里报功去了。德·拉·杜尔夫人忙派多敏格来请我上她那里去一趟,征询我对维吉妮去留的意见。我当时根本不同意她走。我认为一个人应该对大自然给予我们的好处看得重于万贯家财,我们不必到别处去寻求我们自身可得的东西,这是求得幸福的万无一失的原则。我对待一切都奉行这条原则,决不例外。可是我的这些稳妥的劝告怎能打消人们的发财梦呢?我的这套坚信大自然的道理又怎能敌得过世人的偏见和德·拉·杜尔夫人奉为至高无上的宗教权威呢?她询问我的意见不过是出于礼貌,其实自从她的忏悔神甫拿定主意之后,她已经毫无斟酌的余地。尽管维吉妮得到遗产对保尔也会有好处,玛格丽特对维吉妮去法国这件事倒是竭力反对过,但如今事已如此,她也就不再吱声。保尔不知道她们在打什么主意,只见德·拉·杜尔夫人跟她女儿在一旁嘀咕,他不免纳闷,暗自难过,心想:"既然背着我商量,必定对我不利。"

这当口,红运光临穷山窝的消息早已不胫而走,传遍全岛;于是各类小商小贩纷纷进山,来到这两间小屋的当中,摊出最富丽鲜艳的印度纺织品:有精美的古德卢贡缎;有巴厘亚加德和马祖里巴坦的纱巾;有平纹的,隐条的或提花的达卡透明纱;有白得耀眼的苏腊特细纺府绸;还有五光十色、精致罕见的色织线呢,大黄色底子配上青枝绿叶的图案。他们还摆开大批华丽的中国丝织品:有光泽夺目的锦缎,雪白、湖绿、洋红的闪光缎,看得人眼花缭乱;还有玫瑰红的塔夫绸,手感丰满的光面缎,柔软得像呢绒一般的北京条纹缎,白色和黄色的南京府绸,甚至还有马达加斯加出产的缠腰布。

德·拉·杜尔夫人要女儿挑中意的随便买;她只在一旁注意一下东西的价钱和质量,怕上商人的当。维吉妮却只选了几段她认为母亲、玛格丽特和保尔一定喜欢的料子。她说:"这段料子可以做桌布,缝靠垫;那几块给玛丽和多敏格做衣裳。"等一大口袋的钱全部花完,她还都没有考虑自己要买什么。最后只好从她给大家买的东西当中匀出几样来给她。

保尔见到这些东西,心如刀割。他预感到维吉妮要走了。过了几天,他来找我,沉着脸对我说:"妹妹要走;她已经在准备行装了。您上我们家去一趟吧,求求您。她的母亲和我的母亲都是信赖您的,您去劝说劝说,挽留维吉妮。"我明知去也无济于事,但架不住保尔再三恳求,只好勉为其难。

过去维吉妮常穿一身孟加拉蓝色粗布衣裳,头上扎块大红头巾,我觉得她的模样已经很标致了,如今我见她打扮得像当地上等人家的阔太太,那可真是别有气派。她穿了一身透明的白纱裙,由玫瑰红的塔夫绸衬里,轻盈修长的身材在紧身衫的衬托下显得格外苗条。金黄色的头发梳成两股辫子盘在头上,同她贞洁娴静的脸蛋极其相配。那双蓝眼睛饱含着凄然的忧伤,强忍住的激情在她的心头起伏，使她的脸上泛起一层潮红，言谈间流露出无限的激动。她这身似乎并非出于自愿的盛装，同她无精打采的愁容恰成鲜明的对照，更显得哀怨动人。谁见到她这种神情，听到她这种声音，都禁不住心酸。保尔就更加悲哀了。玛格丽特见儿子郁郁不乐，非常难过，便私下对他说道："儿呀，你何苦妄自瞎想呢？希望落空岂不更苦吗？现在我该把秘密告诉你了。德·拉·杜尔小姐的母亲出生在富贵双全的世家；可是你的娘不过是穷苦的农家女，更糟糕的是，你还是个私生子。"

"私生子"这个词着实叫保尔吓了一跳；他从来没有听人家说过。他问母亲这是什么意思。母亲回答说："你没有合法的父亲。我还是姑娘的时候，由于爱的冲动，一时失足，结果就生下了你。我的过错使你没有父系的亲人，我的悔恨又使你失去了母系的亲人。苦命的你在这世上只有娘一个亲人！"说罢，她泪如雨下。保尔紧紧地搂住母亲，说道："妈妈，既然我在这世上只有您一个亲人，那我就更要加倍地爱您疼您。您刚才说的算什么秘密?我现在总算明白了,为什么近两个月德·拉·杜尔小姐老是躲着我,为什么她决定去法国。啊!原来她是瞧不起我!"

说话间,已到了吃晚饭的时候。大家照旧坐到桌前,可是各人有各人的心事,都吃不下,也都一声不吭。维吉妮头一个离开饭桌,出来坐到咱们现在坐着的这个地方。接着保尔也走出小屋坐到她的身边。两人久久地默默无言。那是个热带常有的美妙的夜晚,任凭哪位高明的画家也难描绘尽它妖娆的情致。一轮明月高挂在苍穹,光芒把周围的云幕一层层揭开,清辉普照着岛上嵯峨的群山,突兀的峰尖闪烁出绿幽幽的银光。风已经止息。树林里,山谷中,悬崖上,鸟儿在低吟浅唱,呢呢喃喃表示亲热,明亮的月色和四周的静谧使它们格外欣喜,它们在温暖的窝里欢爱不已。草丛中万类飒飒有声,连小虫都在窸窣爬动,唧唧低鸣。天上繁星灼灼,大海的怀抱中映照出它们颤动的倒影。维吉妮出神地遥望辽阔的、黑沉沉的天边,岸边有点点渔火。她看到港口一大片黑影中亮着一盏灯,那就是去欧洲的船上的信号灯。

船只等涨潮便要启程。维吉妮不禁触景生情,一时心乱如麻,忙扭过脸去,免得保尔看到她流泪。

德·拉·杜尔夫人、玛格丽特和我坐在离他们不远的香蕉树下,在那寂静的深夜,我们清楚地听到了他俩的对话,那真是刻骨铭心,使我至今难忘。

保尔说:"小姐,听说您过几天就要走了。您不怕海上的风浪吗?您向来见到大海就吓得要命的!"维吉妮说:"我得听从长辈的话,得尽孝道呀。"保尔接言道:"您离开我们,去投靠您从没见过面的远亲!"维吉妮说:"唉!我情愿终生终世待在这里,可是我的母亲不肯。我的忏悔神甫说,上帝的意志是要我走,还说人生在世本就是经受考验……啊!这场考验有多厉害呀!"保尔说:"什么!有那么多的理由决定您非走不可,偏偏就没有一条理由把您挽留住吗?啊!您还有些理由没说出口呢。钱的诱惑力的确很大!到了新天地之后,您马上就会把哥哥这个称呼从我身上取走,去奉送给别人的。您会从出身好,又有钱,所以才配得上您的那些人中间,挑选出一个称心如意的人当您的哥哥的。我是既无好出身,又没有一点家当。可是,您想上哪儿去过更幸福的日子呀?还有什么地方能比您出生的这块地方更对您亲呀?您在哪儿还能找到比眼下这么疼爱您的人更贴心的人呀?您习惯了母亲的爱抚,一旦没有这种爱抚,您的日子怎么过呀?您的母亲已经上了年纪,一旦您不在她的身边,饭桌上,家里,到处都不见您的踪影,她散步的时候,也没有您随身搀扶,她又会怎么样呢?跟您妈妈一样疼爱您的我的母亲又会怎么样呢?到那时,见到她们因为想念您而伤心落泪,我又能用什么话来劝慰她们呢?您好狠心!至于我,就不必说了;可是,一旦我早晨起来再也见不到您,晚上也不见您跟我们在一起,当我见到那两棵在咱们出生的时候就种下的椰子树,那两棵十几年来为咱俩青梅竹马作过见证的椰子树,我会怎么样呀?啊!既然新的生活打动了你[①]的心,既然你要到出生地之外的别处去寻求劳动果实之外的财富,那就让我陪你上船一起走吧。一路上如果遇到你平时就怕

---

① 这一段话,保尔开始一直称维吉妮为"您",可是说着说着,不知不觉又改称"你"了。

的狂风暴雨，我好安慰你，使你不再惊慌；我让你靠在我的胸口，用我的心来暖和你的心；到了你寻求荣华富贵的法国之后，我就当你的奴隶。你一人幸福，我也就满足了；看你住进高楼大厦，有别人伺候你，宠爱你，我会觉得自己也享受到了富贵生活；哪怕为你作最大的牺牲，死在你的脚下，我也是心甘情愿的。"

说着说着，他已泣不成声；接着我们听到维吉妮连连叹息，断断续续地说了下面这番话："我是为了你才狠心走的……我天天看到你为了养活老弱病残的这两家人，劳累得直不起腰。我之所以不放过眼前的发财机会，就是为了要千倍万倍地报答你的情义。有什么财产比得上你的情义更珍贵？你何必提起你的出身？啊！我要是还能认一个哥哥的话，除你之外，还能有别人吗？保尔呀保尔！你对我比亲哥哥还要亲！前些日子我避开你，躲着你，我是付出多大的代价才做到的呀！当时我指望你能帮助我痛下决心与你暂时分手，直到老天爷祝福咱俩结为夫妻之日再重新相聚。如今，我或去或留或生或死全凭你一句话。唉，我真是个不规矩的女子!当初你的温存亲昵,我固然抵抗住了,而如今看到你这般痛苦,我终究再难自持。"

听说这话,保尔忙把她拥入怀里,紧紧地搂住不放,并失声叫了起来:"要走一起走!海枯石烂也决不分离!"我们都赶上前去。德·拉·杜尔夫人说:"孩子,你们要是都走,抛下我们可怎么过呀?"

保尔浑身哆嗦,连声说:"孩子……孩子!……"他对德·拉·杜尔夫人说:"亏您还是母亲呢!您居然硬要把我们兄妹拆散!我们俩当初都吃过您的奶,我们俩都是在您跟前长大的。我们跟您学会了彼此相爱,我们俩千百回倾诉过彼此的衷肠。可如今您偏要把她从我的身边拉开!您要送她去欧洲,到那个当年不给您安身之地的野蛮国,去投靠当年忍心抛弃过您的那些天良丧尽的阔亲戚。您或许会说:你管不着,她不是你的亲妹妹。可她是我的一切,是我的财富,我的家,我的出身,我的全部家当。除她之外,别的我一概不认账。过去我们在一个屋顶下生活,在一张摇篮里睡觉；将来我们也要在一个墓穴里合葬。她要走，我就跟她走。总督不许我上船吗？他还能拦住我跳海不成！我在海里游泳，跟在她的船后。大海不会比陆地对我更无情的。既然我不能在这陆地上同她一起生活，我起码要远远地离开你们，死到她的跟前去。您这个不通人情的母亲呀，狠心的女人呀，您既然忍心让她漂洋过海，但愿这大海永远不把女儿归还给您！但愿滚滚的波涛把我的尸首同她的遗体一起卷进海滩的乱石堆里，让您一连失去两个孩子，永生永世痛悔莫及！"

听他居然说出这样的话，我赶忙过去搂住他，因为绝望已经使他失去了理智。他两眼迸射出异样的光芒；通红的脸上淌下大颗大颗汗珠；膝盖抖动得很厉害，同时我感到他的胸口发烫，里面的那颗红心跳动得越来越急促。

维吉妮吓得连忙说道："好朋友！你说到咱俩小时候青梅竹马何等快活，今天你怎样痛心，我怎样难过，还说到咱们这一对苦命儿因何永结同心再难分离，我证明你说的句句是真。倘若我不走，我活着是你的人；倘若我走，我日后也一定要回到你的身边。如今我要请把我从小抚养成人、替我生死做主并且看到我现今落泪的列位大人做证，我要当着俯听下界的苍天、我将远渡的大海以及我天天呼吸、从未被我用谎言玷污过的空气发誓：海枯石烂我决不变心。"

听到钟爱的人发出这样的誓言，小伙子的万丈怒火，立刻像亚平宁①雪峰上的冰川遇到了太阳，迅速消融而一落千丈地崩溃了。傲然昂起的头也低了下来，他顿时泪涌如泉。他的母亲把他搂在怀中，也说不出一句话来，母子俩的眼泪流到了一起。德·拉·杜尔夫人已经控制不住自己，对我说："我受不了，心都碎了。这样悲惨的旅行一定去不得。我的好乡邻，想办法把保尔领走吧。我们这里足有个把星期谁都不曾合眼睡一觉了。"

我对保尔说："小朋友，你的妹妹不走了，明天咱们就去告诉总督；今晚上你上我家睡去，让你们家的人也都睡个安稳觉。现在已经是半夜，南边的十字星座都到地平线正上方了。"

---

①亚平宁山脉在意大利，高峰终年积雪。

他什么话都没说，由我领到我家。这一夜他睡得好不安宁，天一亮他就起床回自己家去了。

唉！这故事再讲下去还有什么意思呀！人生一世，从来只有一面是光明的。就像咱们脚下旋转的地球，运行一周，不过一天而已；可是在这短暂的一天中，也只有部分时间能见到光明，而另一部分时间却是沉沉的黑夜。

我对他说："老丈，我恳求您，这激动人心的故事您既然讲开了头，就把它讲完了吧。幸福的情节我们听后固然心里高兴，不幸的景象也能给我们增添教益。请问，那位不走运的保尔后来又怎么样了呢？"

保尔快到家的时候，首先见到的是女黑奴玛丽，只见她站在崖上遥望海面。保尔老远见到她，大声喊道："维吉妮在哪里？"玛丽回头一见小东家，便止不住哭出声来。保尔见状顿时像魂魄出窍一般，扭身向海港奔去。到了码头，他打听到维吉妮天一亮就上了船，船接着也出海了，现在早已不见踪影。他回到家里，对谁都不搭理，只顾匆匆穿过园地。

咱们身后的这些悬崖,看起来笔直如削,其实上面有一级级鱼鳞坑,顺着一条难走的小路往上攀登,能一直爬到那块前倾的锥形巨石跟前;巨石名叫"拇指石",石峰虽无法攀登,石下却有一片盖满大树的山坪。那里地势高险,好似半空中长出的一片森林,四下是令人毛骨悚然的深渊。"拇指石"的指尖把飞渡的雨云吸引到自己身边,雨水顺着石壁流下来,几股细流汇成一道瀑布,飞泻进山后的深谷,在上面却听不到水坠谷底的声响,可见山谷之深!站在"拇指石"下极目四望,像彼德博斯峰和三乳峰之类的绝顶以及林木葱郁的深沟巨壑,这一派层峦叠嶂都可尽收眼底;在那里还能远眺浩瀚的洋面,甚至四十里迤西的波旁岛都隐约可辨。保尔正是站在"拇指石"下,遥望维吉妮乘坐的船只离岛远去。现在船早已离岸十来里,只好似万顷碧波中一个小小的黑点。保尔痴痴地久久凝眸,直到船早已消失得了无踪影,他还自以为看得见呢;他失神地遥望着茫茫的天边,独坐在人迹罕至的高处。那里整日大风不止，椰子树和塔塔玛克树的树梢不停地摇来摆去，发出一声声低沉的怒号，像是远处传来的管风琴的哀吟，使气氛更增添无限的悲怆。我是在那里找到保尔的。只见他身倚"拇指石"，两眼呆呆地凝视下方。那天天一亮我就跟在他的后面看住他；我苦苦相劝，好歹把他劝下山，要他回家看看。待我领他回到家中，他一见德·拉·杜尔夫人，便悻悻埋怨她言而无信。德·拉·杜尔夫人说，那天凌晨三点就起风了，船准备立即起锚，总督带着几名部下同传教士一起抬轿来接维吉妮。他们根本不听维吉妮反复地申诉，也不管德·拉·杜尔夫人和玛格丽特怎样痛哭哀号，只顾大叫大嚷说，维吉妮这一去对大家都有好处，硬是把哭得死去活来的维吉妮用轿子抬走了。保尔说："哪怕我能跟她道个别呢，我这会儿心里兴许可以好受些。我要对她说：维吉妮，过去咱俩朝夕相处，我若无意中有冒犯您的地方，就请您在永别的时刻，说句表示原谅我的话吧。我还要对她说：既然我注定今生再难与您重见，亲爱的维吉妮啊，那就永别了吧！但愿您离开我之后生活得更称心如意!"保尔见到母亲和德·拉·杜尔夫人都在嘤嘤哭泣,便说道:"现在你们找别人替你们抹眼泪吧!"说罢,他唉声叹气地离开了她们,独自到园子里去徘徊。他走遍维吉妮喜爱的角落。他对哞哞地叫着跟在他身后的母山羊和小山羊说:"你们问我要什么?你们再也见不到跟我在一起喂你们东西吃的那位姑娘了。"到了"维吉妮憩息地",一群小鸟围着他翻跹,他大声说道:"可怜的小鸟!你们再也迎接不到常来给你们撒米的好姑娘了。"看到老狗忠忠在他前面一路走一路嗅,像在寻找谁的踪迹,保尔叹了口气,说:"唉!你再也找不到她的踪迹了。"最后,他坐到昨夜两人倾诉衷肠的地方,望到远处的大海,想到早上维吉妮乘坐的船就是在那里消失的,顿时泪如泉涌,失声痛哭。

　　我们一直跟在他后面,生怕他精神蒙受刺激之后酿出悲惨的结果。他的母亲和德·拉·杜尔夫人说尽温柔动听的话苦苦哀求他切不可如此绝望,以免增添她俩已有的悲痛。德·拉·杜尔夫人更是用尽最能唤起他希望的称呼来叫他,叫他"乖儿子""亲儿子""好女婿",还说她早就把女儿许配给他了，好歹把保尔的情绪稳定住了。她们硬把保尔拉回家里，要他多少吃点东西。我们一起坐到饭桌前，保尔就坐在他的童年伙伴原先坐的那个位置旁边，好像维吉妮仍旧坐在那里似的，他跟她说话，劝她尝尝她最爱吃的几样东西，他知道她的口味；可是当他意识到如今早已人去位空时，便又痛哭起来。接下来的那几天，他把维吉妮用过的东西一件一件收集起来，例如她临走前戴过的几束花，她平时用来喝水的椰壳杯，好像这些东西都是天下最珍贵的宝贝，他一件一件地吻，一件一件地收进自己的襟怀。凡是爱人摸过的东西，都比龙涎香更香几倍。后来，他意识到自己的痛苦更增加了母亲和德·拉·杜尔夫人的悲伤，而且为了一家老少活下去，他也得继续干活，于是他强忍悲痛，与多敏格一起重新整治田地。

不久，这位对世事漠不关心的白人后裔，求我教他认字和书写，好同维吉妮通信。后来他又想学地理，好对维吉妮去的那个国家有所了解；他还要学历史，以便熟悉维吉妮所处的那个社会的风俗人情。当初他钻研农艺，学得一手好本领，把凌乱不堪的荒山窝整治成别有情致的园林,也是靠爱情力量的推动。也许,人类的科学和艺术,多数滥觞于这种既炽热如火又惴惴不安的激情所追求的满足,一旦求之不得,便产生让人安之若素的哲学。所以,大自然既使爱成为联结众生的纽带,爱也就必定成为人类组成社会的首要动机,成为我们追求知识和追求满足的动力。

然而,这地理保尔却越学越无味,因为地理课本居然不描述各国的自然风貌,而只介绍各地的政治区分。至于历史,尤其是近代史,更让他扫兴。书上只写到一场又一场笼统的灾难,周而复始,却不见造成灾难的原因;只有一次次无缘无故的战争,一桩桩莫名其妙的阴谋,一个个毫无特性的民族和一位位缺乏人性的君王。比起那些书,他倒更喜爱小说,因为小说还多少有些人情味。哪一本书他读来都不如《忒勒玛科斯》①那

---

① 法国十七世纪作家费纳龙(1651—1715)的名作,取材于荷马史诗《奥德赛》。奥德赛(俄底修斯)远征前,委托门忒斯教育年幼的儿子忒勒玛科斯。奥德赛多年不归,忒勒玛科斯在门忒斯的启发式教育下,成长为一个勇武的青年,在家护母,出门寻父,历尽艰辛。

样带劲儿，书中描绘的田园生活和人类内心浑然天成的种种激情，他读来津津有味。

他把感触最深的几处读给母亲和德·拉·杜尔夫人听。读着读着多少往事一齐涌上心头，竟哽咽得难以卒读，滚滚热泪夺眶而出。他觉得维吉妮既像安提俄珀那样的庄重聪颖，又同欧侠丽①一般红颜薄命。另外，近世流行的那些小说，通篇是风月场上打情骂俏的淫词滥调，保尔读后只觉得污浊不堪；可是，当他听说那些描绘恰恰是眼下欧洲社会的写照时，他又不免为维吉妮捏一把汗，生怕她在那样的社会中经不起腐蚀，最终把他抛诸脑后，忘得一干二净。他的这种担心，表面上还不无缘由呢。

事实上，维吉妮走后都已经一年零六个月了，德·拉·杜尔夫人却一直没有收到她姑母和女儿的来信；她只是从一个不相干的人那里听说，她女儿已经一路平安地到了法国。总算有一天，有条开往印度的航船顺路给德·拉·杜尔夫人捎来

---

① 安提俄珀和欧侠丽均为《忒勒玛科斯》一书中的人物。

了一个包裹和一封维吉妮的亲笔信。性情随和、待人宽厚的维吉妮在信中虽然用词谨慎，为娘的却从字里行间看出女儿的日子过得很不顺心。那封信绘声绘色地描述了她当时的处境以及她的秉性，我几乎一字一句都背了下来。

至亲至爱的母亲大人：

我已经给您写过好几封信；由于一直没有接到您的回信，我不免担心，恐怕那几封信您都不曾收到。寄这封信，我采用了谨慎的办法，希望您能得到我的音信，并切祈收到您的回音。

过去我几乎只是看到别人受苦才流眼泪，可如今，自从与你们分手之后，我却眼泪不断！我一到这里，姑姥姥就考问我的学识，我说我既不认字，更不会书写，她大为惊讶。她问我，我自小都学过什么。我说我学会了操持家务和侍奉母亲，她就说我受的是奴婢教育。第二天，她把我送进巴黎附近的一所大修道院去住读。那里教什么课的老师都有，他们教我的课程中，有历史、地理、文法、数学，还教我骑马；只是我的底子太差，这几门功课学起来相当吃力，不见得能学出多少名堂。我感到我确实就像老师们所说的那样，是个资质颇差的可怜虫。然而姑姥姥的热心并不因此稍减。她一年四⋯⋯⋯新衣裳，还派⋯⋯⋯扮得也像阔太太一样的女佣人随身侍候我。她替我弄了个伯爵小姐的头衔，但我必须改掉德·拉·杜尔这个姓。过去听您说过，父亲为了跟您结婚曾历尽千⋯⋯⋯⋯⋯⋯⋯⋯⋯⋯⋯⋯⋯⋯姑姥姥却要我改姓您娘家的姓。固然您娘家的姓，我也觉得是很亲的，因为您没出嫁的时候就姓那个姓呀。我看到自己现在生活这么富裕，便恳求姑姥姥也给您一点帮助。您猜她怎么回答？让我怎么说呢？您曾对我千叮万嘱，务必对您说实话……姑姥姥说，给您少了，无济于事，给您多了，反而会让您为难。我原先想求人家代笔给您写信，因为当时我自己还不会写。可是初来乍到，我能信赖谁呢？于是我日夜用功，学认字、写字；托上帝的福，我总算很快都学会了。开头几封信，我都是交给女佣人去寄的，现在想来，她们恐怕把信都送到了姑姥姥手中。这次我请与我一起住读的一位女朋友帮忙，您若回信，也请您按照我信上写的那个地址邮寄到她那里去，再从……给我。姑姥姥严禁我与外面的人通信，她认为这有碍于她对我的栽培。除了她本人能隔着铁栏杆看望我之外，还有一位同她要好的老年贵族也能来看望我。……她也先生对我很赏识。说实在的，就算我有能力赏识别人，对那位老先生我也不敢恭维。

我生活在富贵奢华之中，却不能任意花一文钱。据说，倘若我身边带了钱，就必定会惹出是非。连我身上的衣裳都是属于随身女佣的，我还没有替换下来，她们就争着要了。在这个富贵窝里，我实在是比在您身边时更穷，因为我没有一件东西可以送人。我发现老师教的那些学问没有一门可为我提供行善的方便，我只好借助您教我使用的针线。这里寄上我亲手做的几双长筒袜，是送给您和玛格丽特大娘的；另外，一顶便帽是送给多敏格的，红头巾是送给玛丽的。邮包里还有几种水果的籽和核，以及几种树的籽，这些都是我课间休息时在修道院的花园里采集到的。另有好几种花籽，有二月兰、雏菊、覆盆子、鸡冠、矢车菊、山萝卜等，是我在野地里采集来的。这一带田野里的各种野花比咱们那儿的漂亮得多，可惜无人理会。我相信您跟玛格丽特大娘收到这一袋种子的时候，心情一定比当初收到那一袋金币更为高兴；正是那一袋金币，造成咱们骨肉分离，以致我至今眼泪不断。倘若有朝一日您满意地看到在咱们的香蕉树旁边长出了苹果树，山毛榉的枝叶同咱们的椰子树的枝叶交叉在一起，那我将多么高兴呀。到那时您简直会以为又回到了您那么怀念的故乡诺曼底了。

　　您曾再三嘱咐我，要把快乐和痛苦都如实禀告。如今我与您远隔重洋，早已没有快乐可言，至于痛苦，我总是这样想，您是听从上帝的旨意把我送到这里来的，这一想，痛苦也就减轻了许多。可是最使我伤心的是这里没有一个人同我谈起您，我也无法同别人提到您。我的贴身女佣，倒不如说姑姥姥的心腹，实际是姑姥姥的眼线。每当我想把话题引到我那么钟爱的人们身上去的时候，她们就说："小姐，您别忘了，您是法国人，您应当把那个野人国的一切都忘掉才是。"啊！我哪怕忘掉我自己，也忘不了我生身的故土，忘不了您现在生活着的地方呀！对于我来说，这里才是野人国呢！因为我在这里孤孤单单，不能向任何人倾诉我对您——我至亲至爱的母亲——的至死不渝的敬爱。

您的听话的，温顺的女儿

维吉妮·德·拉·杜尔叩禀

玛丽和多敏格在我幼年时为我操过不少心，乞母亲对他俩多多照应；另外，代我抚抚老狗忠忠，当年多亏它在森林里把我找了回来。

读罢来信，保尔十分诧异，维吉妮居然只字没提保尔，倒是对看家狗念念不忘；保尔哪里知道，女人写信不论多长，从来只把最亲爱的思念放到信的末尾才提一笔。

果然在维吉妮的信的下面还有一条附言，她在附言中特地关照保尔：要珍惜二月兰和山萝卜这两种花籽。她还就这两种花的特性和最适宜在什么地方下种向保尔作了交代。她写道："二月兰开一种深紫色的小花，喜欢躲在灌木丛里；花香醉人，故极易被人发现。"她要保尔把这种花的籽播撒在泉边的椰树下。她又写道："山萝卜，花形俏丽，色淡蓝或黑底白点，如丧服，故又名寡妇花，喜欢长在坡陡风急的高处。"她请保尔把这种花的籽埋在他们分手前作最后一次深夜长谈的岩石边，并要保尔为她把那块岩石命名为"离恨石"。

她把这两种花籽另放在一个小口袋里，口袋虽然是用普通棉布缝制的，但在保尔的眼中却成了无价宝，因为他见到布袋上交错地绣着 P 和 V

两个字母①，是用头发丝绣出来的，色泽那么艳丽，保尔一眼就认出这是维吉妮的金发。

多情而忠贞的小姐的来信，引得合家老少无不唏嘘落泪。她的母亲以大家的名义给她回信，说至于她或留或归，都由她自己做主；还说打从维吉妮走后，大家都失去了最大的幸福，尤其是为娘的更无以慰解。

保尔也给她写了一封很长的信，表示一定要把花园整治好，决不辜负她的期望，还要让欧洲的花木同非洲的植物交叉地共生并茂，就像她把他俩的名字合绣在一起那样。他还给维吉妮寄去从泉边那两棵椰子树上摘下的几只熟透了的椰子，并说他不准备把岛上其他作物的种子寄给她了，她倘若再想见见那些作物的话，就请她下决心赶紧回来。他恳求她及早依从全家人的热切愿望，尤其是他本人，更盼她早早归来，因为自从天各一方，他再也体会不到欢乐的滋味。

保尔把欧洲寄来的果种和花籽，精心地一一

---

① P和V是保尔和维吉妮的名字的第一个字母。

播撒在适当的地方,尤其是二月兰和山萝卜这两种花,品性和境况与维吉妮多少有些相似,况且维吉妮还特别关照过,保尔当然分外细心地加以培育。可是,不知道是因为种子在路上受了风已经变质呢,还是由于非洲这一带的气候对它们不适宜,结果只有一小部分发芽,而且长得总不精神。

得意招人忌,在法国殖民地尤其如此。岛上流传的风言风语,搅得保尔心里七上八下。给德·拉·杜尔夫人带信来的那条船上的人都说维吉妮就要跟别人结婚了;他们还有名有姓地说到朝廷里的某某大人就是维吉妮的新郎;甚至还有人说婚礼已经举行过了,他们亲眼见到的。对这些惯于沿路传播谣言的商船上的纷纭传说,保尔起先并不在乎,可是岛上的居民也幸灾乐祸地表示同情,假装为他不平,他不免将信将疑起来。再加上在他看过的几本小说里,他见识过喜新厌旧,把爱情当成儿戏的人物,他还听说那些书里描写的情节实际上就是当今欧洲风气的真实写照,他不禁担心德·拉·杜尔夫人的女儿也经不住恶浊风气的熏陶,最终会把旧日的山盟海誓抛置脑后。他的那点学问已经让他够苦恼的了,更要命的是打从那时起,足足有半年时间,欧洲来的好几条船都没有捎来维吉妮的消息,他就益发惶惶不安了。

可怜他忧心如焚,常常去我那里讨教,要我凭人生经验来肯定或消除他的疑虑。

我已经说过,我住在长山下一条小河的岸边,离这里有一里半的路程。我独自一人生活,既无妻儿,也无奴仆。

我们这号人,除了难得有谁福分大,找到个般配的女伴之外,独身算得上二等的好福气了。大凡对世人有过满腹牢骚的人都愿遁世离群。这甚至成了一种很惹眼的现象:无论哪国,凡是被纷纭的政见,腐败的风气或颠顸的当局弄得乌烟瘴气、民不聊生的地方,都会出现一批又一批抱定独身宗旨和遁世隐居的公民。过去,没落时期的古埃及人和西罗马帝国后期的希腊人是这样;今天,印度人,中国人,近代希腊人,意大利人,乃至东欧和南欧的大部分民族,也都是这样。遁世隐居，既逃避了社会的不幸，又部分地得到了自然的幸福。当今社会上各种各样的偏见弄得人分九等，各抱一团，人人心灵不得安宁，成百上千种杂乱的、自相矛盾的主张，在人们的心中翻腾；而那些野心勃勃、寡廉鲜耻的人，一个个挖空心思，想用这些五花八门的主张来让别人在他们的手下就范。可是，人一旦远离俗尘，那些扰乱人心的各种外来的痴心梦想，也就消沉下来；心灵恢复了原有的朴素的感受力，重新感觉到大自然的美妙和造物主的神奇。好比一股席卷田野的激流，泥沙俱下，浊浪滔滔，而溢出主流的泥水，流进哪个沟里之后，都逐渐沉淀，恢复最初的清澈，映照出岸边青翠的大地和明净的碧空。离群索居能使一个人的身心重新建立和谐。最长寿的人总是处身于那批隐士当中，印度的婆罗门便是一例。总之，我相信，人生在世，若想得到幸福，就必须离群索居。一个人倘若没有那种难得过问是非、从不为别人的主张所动的清静超脱，那么无论他具备怎样的感情，更无论他奉行哪种处世为人的法规，我认为他决计品尝不到持久愉快的滋味。我倒并非认为人应该与世隔绝；人本身的需要同整个人类是息息相关的：一个人要为人类辛勤劳动，对大自然的其他生灵尽自己的义务。上帝赐给咱们每人一副器官，有几种器官的功能同咱们赖以生存的地球上的几种元素是绝妙地搭配好的。例如，脚用来踩踏土地，肺用来呼吸空气，眼睛用来感受光亮，它们的功能是无法转换的；可是最主要的一件器官，咱们的心脏，上帝却是留给他自己的，这颗心只属于生命的创造者——上帝。

　　我原先一心想为别人多做贡献，别人却把我逼得走投无路，于是我远离尘世来过孤独的生活。我走遍了大半个欧洲，又去过美洲、非洲的一些地方，最后到这人迹罕至的海岛上来定居，因为宜人的气候和幽静的环境迷住了我。我在深山野林的一棵树下搭了间小草房，又亲手开出一小片荒地，再加上门前流过的那条小河，足以保证我有吃有穿，怡然自得。自得之余，我读些修身养性的好书，以增添索居的雅兴。那些书使我在幽居的闲适之中重新看到了我所规避的炎凉世态，把一幕幕为七情六欲不惜钩心斗角、惨淡经营的情景,再现在我眼前。我不免将芸芸众生的遭遇同我眼前的处境两相对照,更从反面体会到置身世外的无限乐趣。好比一个人在海上落难,幸而被浪头冲上孤石,终于得救。我在这深山野林里远远望着那一场场席卷人世的狂风暴雨,在远处传来的风雨声中,我更加感到眼前的悠闲。打从我与世无涉之后,我不再怨恨世人,只觉得他们碌碌可悲。如果我遇上个把落难的人,便尽量给他出出主意,帮他解除烦恼;好比路过急湍的人,看到有人落水,便伸手拉他一把。可是对于我的劝告,只难得有几个心地纯洁的人乐于接受。大自然虽然也召唤其他人投入它的怀抱,却往往无人响应;在一般人心目中,对于大自然各有各的见解,他们以各自着迷的偏见蒙住了大自然的本色。他们毕生都在追求那种子虚乌有的幻境,当然求之不得,于是埋怨老天不公,其实是自寻烦恼。我曾经试图把许多落难的人引向归真返璞的正道,然而他们却无一不被身遭的不幸弄得昏神失智。他们起初专心听我开导,巴望我帮助他们取得荣华富贵;可是一旦发现我不过是劝他们学会安于贫贱,便认为我原来是个白痴,因为我没有像他们那样去追求不值一提的幸福;于是他们把离群索居说得一无是处,偏说只有他们才有益于人类,还硬要把我也拉进他们的旋涡中去。我虽然同什么人都来往,却不盲从别人。我常常只需反省吾身,便足以引出教训。我从眼前的闲适中回味过去经历的动荡生涯,无非是谋求权贵的恩宠,猎取名利,贪图享乐,依附风行各地、彼此攻讦的各种政见,为如此碌碌的争逐虚掷光阴岂不可叹!我却亲眼见过多少人为这些过眼云烟争得水火不容,而今我对功名利禄早已置之度外,它们好比撞碎在河心石上的浪花,已经逐波远逝,一去不复返了。现在我只心平气和地在时间的长河里沉浮,一任流水把我漂向未来漫无边际的海洋;置身于眼前这和谐的大自然中,我的心向往着造就这大自然的创世主,向往着更幸福的另一个世界。

虽然在我隐居的森林中,不像这里能居高远眺,望到各种各样的景象,但对于我这个喜欢自省,不爱外露的人来说,那里的环境自有它的妙处。我家门前的那条小河,笔直地穿过树林,一眼望去,恰似一条绿荫夹岸的运河。树木的品种真不少,有塔塔玛克树、乌木树,还有当地人叫作苹果树的番木瓜树,以及橄榄树和肉桂树;成群的槟榔树的树干光秃秃的,一棵棵足有十几丈高,树梢上的枝叶密密麻麻,远远望去犹如一片片长在树林上面的树林。叶形各异的藤蔓在一棵棵树中间牵来挂去,把有些地方装点成繁花似锦的花廊,而在另一些地方则形成一幅幅翠绿的帷帘。大多数的树散发出浓郁的芳香,把走过树林的行人的衣裳熏得喷喷香,走出树林几小时之后,身上的余香还幽幽可闻。到了开花季节,千树万树之上好似盖上了一场初雪。仲夏过后,一批批珍禽奇鸟出于莫名其妙的本能纷纷从不知什么地方,越过重洋,飞到这里来啄食树上和草间的籽实;其中有名目繁多的各色鹦鹉和当地人叫作荷兰鸽的蓝毛斑鸠;被阳光照得乌亮浓绿的枝叶把这些珍禽奇鸟的艳丽羽毛,衬托得分外光彩夺目。以林为家的猴子在树叶茂密的枝头嬉戏,它们灰绿的毛色和黝黑的脸膛,在蓊郁的林中显得轮廓分明；有几只猢狲用自己的尾巴倒挂在枝头，玩着荡秋千的游戏；母猴们搂着它们的小崽在树枝间跳去蹿来。这些大自然的宠儿，从来没有被致命的猎枪惊吓过。林中只回荡着走兽的欢叫和从南方飞来的珍禽异鸟的啭鸣。小河在布满石头的河床间跳跃，滚滚流过树林，清澈的水面上映照出两岸浓密的枝叶和一团团树荫，以及居住在林中的各种飞禽走兽追逐嬉戏的倒影；千步之外，小河顺着一级级岩石飞泻而下，水帘像水晶一般平滑，流到下面，却迸溅出无数碎珠。这喧嚣的水流发出千百种含混不清的声响，林中吹来的风有时把这些声响吹散，有时又把它们汇合在一起，变成震耳的轰鸣，好比大教堂里大大小小的铜钟一时间都敲响了。流动的河水不断地把清新的空气输送到两岸，哪怕酷暑季节，小河两岸仍保持着凉爽和青翠；这是岛上难得的景象，甚至在高山顶上都很少见。

离这里不远的地方，有一座山崖，那里听不到瀑布震耳的轰鸣，却可以纵览飞瀑的壮观，呼吸到清凉的空气和远闻水流的低吟。在大热天，我们几个人——德·拉·杜尔夫人，玛格丽特，维吉妮，保尔和我——常到崖下的荫凉处会餐。维吉妮事无巨细一举一动都力求与人为善，所以她若在野外吃一枚果子，必得把果核埋到地里。她说："以后果核长成果树，过路行人就可以摘树上的果子吃，至少飞来飞去的小鸟也能啄来解渴。"有一天，她在崖下吃了一个番木瓜，她把瓜籽全都埋在附近。不久，那里长出几棵番木瓜树，其中有一棵是结瓜的母树①。维吉妮动身去欧洲的时候，那棵母树还没有她膝盖高呢，可是那种树长得很快，两年之后，竟长到两丈多高。树干周围结满了一行行熟透的番木瓜。保尔有一次偶然经过那里，看到他的挚友当年埋下的小小瓜籽如今长成一棵大树，不禁喜出望外；同时，这树身高大证明栽树人离去已久，又顿觉无限惆怅。朝夕见到的东西并不使人感到人生的短促，因为它们同人们一起在不知不觉中衰老；可是，多年不见的东西，一旦重睹，却使人顿觉韶华易逝。保

---

①番木瓜树分公母；公树不结果，母树结果。

尔见到那棵果实累累的番木瓜树，那心情恰如少小离家的游子暮年返回故里，不见当年的旧友，但见他离家时还在吃奶的孩子一个个都成了儿女绕膝的父亲，既感到不胜惊讶，又不免怅然若失。保尔忽而恨不得把树砍倒，因为它一目了然地说明了维吉妮离去已经很久；他忽而又把它看作维吉妮善行的纪念碑，搂住树干亲个不休，还念念有词地说了好些充满爱恋和怀念的心里话。啊！番木瓜树呀，你的后代还将在树林中世世代代地成长，我见到它们，一定会比见到罗马人建造的凯旋门更心情振奋，更肃然起敬！但愿一天天摧毁着帝王们野心纪念碑的大自然，让一个可怜姑娘在他们森林中留下的善行之果，世世代代繁衍下去吧！

每当保尔到我住地附近去的时候，我知道准能在那棵番木瓜树下找到他。有一天，我见他在树下黯然神伤，便过去与他深入交谈。您若不嫌我离题太远，我可以把那次交谈的内容原原本本告诉您。我这把年纪，啰唆是免不了的，想必您也会鉴于我的一片真情加以谅解。下面我用对话的形式向您转述,以便您判断那后生浑然天成的理性;您从对答的内容,很容易分辨出哪句话是谁说的。

他对我说:"我伤心至极。德·拉·杜尔小姐走后至今已有两年零两个月;近八个半月来,她音信全无。如今她是阔小姐,我是穷小子;她早把我忘了。我真想坐船去法国,为王上当差,去挣一份产业,等我当上大官之后,德·拉·杜尔小姐的姑姥姥就肯把她的侄外孙女嫁给我了。"

老人:"哦,老弟!你不是跟我说过,你没有好出身么?"

保尔:"这是我母亲跟我说的,我本不知道什么叫出身。我从来不觉得比别人短缺什么,也不认为别人比我多些什么。"

老人:"由于你没有正经的出身,在法国你想出人头地定将到处碰壁。甚至连个像样的部门你都难以进身呀。"

保尔:"记得您跟我说过多次,法兰西之所以伟大,原因之一就在于最卑贱的人都有出头之日,您列举过许多赫赫有名的人物,说他们尽管出身微贱，却为国争光。难道您那时只是哄我发奋吗？"

老人："孩子，我决不会挫伤你的勇气。我说的都是实情，可惜那都是过去的事；如今世道大变。眼下法国样样事情都离不开一个钱字，一切都成了少数豪门的私产，或者听凭达官贵人们宰割瓜分。王上犹如被浮云遮蔽的太阳，那帮官吏权贵便是蔽日的浮云；王恩的光泽决照不到你的身上。从前官府衙门不像当今这样重叠复杂，倒是有过王恩垂顾下民的事情。于是英雄用武有地，人才到处涌现，好似新开垦的沃土以它的全部肥力滋养出茂盛的庄稼。可惜知人善任的英主毕竟难得。无能的国君是只听凭权贵和官吏们的主意行事的。"

保尔："我或许能找到一位这样的权贵当靠山呢？"

老人："想找大人物当靠山，就得为他们的野心效劳，换句话说，得奉承拍马。你是决做不到的，因为你既无正经的出身，且又生性耿直。"

保尔："可是我能赴汤蹈火，我能言而有信、克尽职守、始终如一地讲义气,讲交情,就像您给我读过的那些历史故事里说的那样,总有一天会当之无愧地受到某位权臣的宠信。"

老人:"老弟啊!在古希腊罗马,即使到了衰亡的末代,权贵们对于有德之士仍是器重的;可是在咱们法国,虽说从平民百姓中也曾出现过不少名声显赫的各类人才,我却不曾听说有哪一位是受到权贵豪门的垂青才出类拔萃的。在法国,倘若没有英君赏识,美德恐怕注定要永世埋没在民间。我早就说过,全靠国王慧眼识别,恩宠提拔;可是当今本应褒奖给美德的荣禄,却都恩赐给有钱人了。①"

保尔:"既然我不能找到大人物当靠山,我就去投靠某个集团,我全心全意去为那个集团的精神和主张尽忠,总可以博得他们的垂爱吧?"

老人:"你莫非要像凡夫俗子那样,为了荣华富贵,不惜昧着自己的良心行事么?"

保尔:"哦,不!我只追求真理。"

---

①法国在封建制的中后期,鬻爵之风极盛,王室甚至以卖官爵作为增加收入的手段。

老人:"那你绝得不到他们的垂爱,反而会招来别人的忌恨。况且,哪一个集团都不在乎什么真理。在野心家们的心目中,什么主张都无所谓,只要他们手里有权就行。"

保尔:"可叹我生不逢时!条条路都走不通。我注定要干一辈子没出息的营生,同维吉妮天各一方了!"(说罢,他长叹一声。)

老人:"但愿上帝是你的唯一的主宰,人类是你投靠的集团!你就始终依赖上帝,依赖人类吧,什么名门望族,达官贵胄,君君臣臣,他们都各抱偏见,各有所好;侍候他们,往往得寡廉鲜耻,卑鄙行事。而上帝和人类却只要求咱们的德行操守光明磊落。

"况且,你为什么一心要出人头地呢?这种念头是有悖天理的,因为倘若人人都想出人头地,那么近邻就会变成死敌。你还是安分地在老天分派给你的地位上克尽自己的天职吧;你得感谢上帝给你安排了这样的命运,使你可以按良心行事,不必像大人物们那样把自己的幸福建立在小人物们的舆论之上,也不必像小人物们那样为了苟且偷生不得不匍匐在大人物们的脚下。你生活在这样的地方，有这样的条件，不用像欧洲的大多数谋生者那样为了钱财而去坑蒙拐骗，拍马溜须，低三下四；你的处境不妨碍你具备任何美德；你尽可以成为善良，真挚，诚恳，有知识，有涵养，随和，廉洁，宽宏，恭俭的人，而不至于吃亏，别人也不会用冷嘲热讽来摧残你的犹如蓓蕾的智慧。老天爷给了你自由，健康，良知和一群真心实意的朋友；你一心想博得其恩宠的公侯帝王们都没有这份厚福呀。"

保尔："啊！可是我偏偏失去了维吉妮！没有她，我是一无所有；有了她，我便有了一切。只有她，才是我的出身，我的荣华和我的财富。既然她的姑姥姥要把她嫁给名望显赫的人，既然一个人靠发奋读书便可成为博学的名流，那么我要去求学，我要学得渊博的知识，用我的学问为祖国做出有益的贡献，这样既不损害别人，又不必依附权臣；我要全凭自己的勤奋争得名望。"

老人："孩子，学问确实比门第和家产更可贵；可以说是天下最了不起的财富，谁也夺不走，还处处受到大家的崇敬;可是学而成才多不容易。唯有吃得苦中苦,并具备见微知著的聪敏,方能学而成才;而聪敏过人,往往又会遭到同时代人的嫉害而弄得身心两伤。在法国,文官不羡慕武将的战功,军人不嫉妒航海家的荣誉;可是不论什么人都愿意涉足你想走的那条路,因为人人都自以为才情出众。你不是说要为人类做贡献么?要知道,在地里多种出一捆麦子其实比写出一部著作对人类更有贡献。"

保尔:"哦!种下这棵番木瓜树的姑娘算是给这一带的百姓送了一份厚礼,这比送一套书更实用,也更有情意。"(说罢,他搂住了番木瓜树忘情地吻起来。)

老人:"世上写得最好的一部书是福音书,书上字字句句虽然只宣扬平等、博爱、温良、和睦,几百年来却成为欧洲人历次暴行的借口。至今还有多少或明或暗的专制暴政以它作幌子呢!有了这样的前车之鉴,谁还能夸口说他写的书能有益于人类?你想想,历来向人们传授智慧的哲学家们大多遭到什么样的下场。荷马曾经给智慧披上华丽的诗句的盛装,自己却毕生乞讨度日;苏格拉底当年曾以自己的言行给雅典公民留下了多么动人的充满智慧的教益,最终却被雅典人以法律的名义毒死;他的杰出的门徒柏拉图,被当过他靠山的君王下令贬为奴隶;在他们之前,那位甚至主张对百兽都要实行人道的毕达哥拉斯,最终被克罗托内①人活活烧死。有什么好说的!历史上那些赫赫伟人,大多受到人家的讽刺挖苦,流传到今天,早已面目全非,可笑反倒变成他们的特征,不知感恩的人们就乐于这样对待他们;至于有些人的英名没有受到玷污,无瑕地流传到今天,那是因为他们当初离群索居,与他们的同时代人不相往来;好比从希腊和意大利的田野里发掘出来的雕像,多亏深埋在泥土里,才幸免于遭受蛮族的蹂躏,以致今天还完好无缺。

"由此可知,若要在文坛赢得叱咤风云的盛名,不仅要德才兼备,还得随时准备牺牲自己的性命。再说,你以为法国的富豪们会对文坛的光

---

① 地名,在意大利境内。毕达哥拉斯长期流寓意大利南部。

辉成就感兴趣吗？他们对文人固然很关心，那是因为文人们学问再高也不会因此受到举国的敬仰，更不会因此得以治国的重任，当一名出入朝廷的命官。当今迫害人的事情倒是不多，因为时尚除了追求发财，追求享乐之外，对其他一切都顾不上；在这样的年月，靠学问和品德决不会有什么出息，因为举国上下，一切都取决于钱多钱少。从前，有才有德总能在教会里，在立法部门或各级衙门得个一官半职，有份牢靠的报酬；今天，品德学问只有写书才用得上。然而，写成的著作虽然得不到世人的器重，却始终无愧于得自无意的根本。尤其是旌表被埋没的美德，安慰受苦受难的人们，启蒙各族人民，乃至于向国王们直陈真相，全得靠这样的书呀。这无疑是老天爷赐给世上凡人的一项最庄严、最光荣的职责。想到自己的著作将要世世代代地在世界各国流传，起到制止谬误、反对暴君的作用；想到自己的著作在它经历过的漫漫黑夜中将放射出使多少帝王黯然失色的光辉，而无论那些歌功颂德的佞臣如何吹捧，帝王们的霸业终将在遗忘中磨灭；想到这些，哪怕眼前受到有钱有势之辈的委屈或轻视，有谁会不因此感到慰藉呢？"

保尔："啊！我就指望得到这样的光荣，仅仅是为了让维吉妮因而增光，使她受到普天下的爱戴。您既然这样博学，那就请问：我们俩能不能终成眷属？我巴望自己也成为博学的人，至少可以预知未来呀。"

老人："孩子，一个人如果知道未来将会怎么样，还有谁愿意活下去呢？只要预计到一次不幸，就足以使我们无济于事地产生无穷的忧虑！倘若明知什么灾难必将临头，那么灾难到来之前的每时每刻，就简直没法过了。我们甚至对眼前的事都不应该深究，老天爷给了我们思考的能力，是为了让我们预计今后的需要，而它让我们有这样那样的需要，就是为了限制我们的思考范围。"

保尔："照您说，在欧洲，有了钱就能得到荣誉和地位。那么，我要去孟加拉赚钱，去巴黎同维吉妮结婚。我马上乘船走。"

老人："怎么？你要抛下维吉妮的母亲和你自己的母亲吗？"

保尔:"您亲自劝过我去印度的呀。"

老人:"那时候维吉妮还在这里。如今你成了你的母亲和她的母亲的唯一依靠了。"

保尔:"维吉妮总可以靠她的阔亲戚帮忙,照顾两位老人的。"

老人:"富人只会给替他们扬名的人一点好处。有些财主们的亲戚比德·拉·杜尔夫人更可怜,由于得不到阔亲戚的帮助,也只好牺牲自己的自由去换口饭吃,进修道院过幽居的生活。"

保尔:"欧洲竟是个这样的地方!哦!维吉妮非回来不可。她要这么个富亲戚有什么用?当初住在那两间茅屋里的时候,她那样高兴,那样漂亮,头上系块红头巾,或者插几朵鲜花,打扮得那样好看!维吉妮,回来吧!快离开高楼大厦,富贵荣华;回到这山窝里来,回到这树荫下来,回到我们的椰子树下来吧。唉!你现在也许很不幸!……(说着,他哭起来。)大爷,您别瞒我;您要是说不准我日后能不能同维吉妮成亲,您至少得告诉我她还爱不爱我,她如今生活在王公大臣们中间,那些在王上身边周旋的权贵都会同她往来。"

老人:"哦,老弟,我担保她依旧爱你,原因很多,特别是因为她品德高尚。"(听到这话,他高兴得跳起来,扑过来搂住我的脖子。)

保尔:"您当真认为欧洲的妇女全都虚情假意,就像您借给我看过的那些书、那些剧本里描写的那样吗?"

老人:"凡是男子专横的地方,妇女都会作假。哪里有暴力哪里就会产生狡诈。"

保尔:"他们又怎样对妇女专横呢?"

老人:"他们从不问问妇女自己对婚姻的意见,硬把黄花闺女嫁给龙钟老汉,要多情女子同薄情男人成亲。"

保尔:"为什么不让般配的人结婚,不把年轻姑娘嫁给年轻郎君,不让有情人终成眷属呢?"

老人:"因为在法国年轻人大多没有足够的家产来结婚,等到挣足家产,他们也都老了。年轻的时候,他们勾引邻居的妻子,等到自己老了,他们也无法稳住妻子的芳心。年轻时他们对不起别人,老了轮到自己受骗。这叫冤冤相报;世上事事都有公平的报应。所以欧洲人大多在这种双重的荒唐中过日子，而且财富越是集中在少数人手中，这种混乱状况也就越变本加厉。国家好比一座花园，要是有几棵树太大，树荫就会遮挡得小树长不起来；不同的是，一座花园美就美在有几棵大树，而一个国家的繁荣却总取决于人丁兴旺和百姓平等，而不是靠少数的富人。"

保尔："那么，为什么要发了财才结婚呢？"

老人："为了过游手好闲的富裕日子。"

保尔："为什么不劳动呢？我觉得干活才痛快。"

老人："因为在欧洲干体力活儿丢脸。他们管体力劳动叫机械劳动。至于种地，那更是人人都瞧不起的营生。手艺人比农民还要光彩些。"

保尔："什么！让大家吃饱肚子的农活居然在欧洲被人瞧不起？我无法理解。"

老人："哦！在大自然的怀抱里长大的人确实无法理解那个社会怎么会堕落到这等地步。人们对于秩序井然自有明确的概念，对于混乱不堪却难以想象。美，品德，幸福，都有一定的分寸；丑，邪恶，不幸却没有止境。"

保尔："有钱人的日子过得还是很称心呀！他们想干什么绝没有任何困难；他们心爱什么东西，就能尽情把玩。"

老人："正因为他们不费周折就能享受到，所以他们大多对一切乐趣都已麻木不仁不稀罕了。你难道没有体会到疲劳之后的休息格外舒服吗？饿了吃饭才香，渴了喝水才甜。那好！爱情也只有经过种种艰苦磨难和忍痛牺牲才更让人体会到真正的幸福。有钱人正因为有钱，要什么就有什么，所以体会不到这种种快乐。穷奢极欲的结果是事事乏味，富足又使他们傲慢不堪，稍有一点短缺就觉得面子上过不去，弄得最赏心悦目的享受也难以满足他们的虚荣。千万朵玫瑰吐香，也不过快乐一时，而被玫瑰的刺扎一下却要痛上半天。欢乐之中有一点不顺心，对富人来说就犹如玫瑰丛中的一根刺。而穷人恰恰相反，苦难当中有一点欢乐，就好比是荆棘丛中绽出一枝鲜花，他们从中体会到无穷的乐趣。对照越强烈效果也越鲜明。大自然把万物都平衡过了。有种人手里什么都有，几乎对什么都不抱希望，对什么都害怕丢掉；

还有种人几乎什么都不怕丢掉，对什么都抱有希望，你喜欢哪种人的处境呢？前一种是富人的处境，后一种是穷人的处境。这两种极端的处境都是不好过的，人的幸福一向建筑在中庸和美德之上。"

保尔："您说的美德是什么意思？"

老人："孩子，你靠劳动赡养两位老人，什么是美德就用不着别人来对你解释了。美德是靠自己的努力，为别人谋福利，仅仅是为了让上帝满意，别无他愿。"

保尔："哦！那么维吉妮是有美德的！她出于美德才想发财，为的是行善。她出于美德才离开这个岛，总有一天，美德还会把她领回来的。"

想到维吉妮早晚要回来，保尔的想象力顿时像一盆火，种种忧虑随即烟消云散。维吉妮没有信来吗？那是因为她快要回来了。从欧洲到这里，赶上风顺，要不了多少天的！他把在这段四千五百里的航路上行驶的几艘船一艘一艘计算过，都不出三个月就能走完全程。至于维吉妮乘过的那艘船，更是至多两个月便可走一趟。现今造船的人都那么有学问，海员一个个都那么机灵！

保尔甚至考虑要赶紧做些安排迎接维吉妮回来了，他说要盖一间新房，还说等维吉妮成为他妻子之后，他要天天做出些让她喜出望外的事来，让她高兴。妻子！……一想到这些，他简直如醉如痴。他说："大爷，到时候您至少不必再操劳，可以享享清福了。维吉妮有钱，咱们就会有许多黑奴，让他们给您干活。您就跟我们住在一起，什么都不用操心，只顾消遣享福就是了。"他高兴得忘乎所以，赶紧跑回家去把弄得他心醉神迷的快乐告诉家里的人。

不久，随着满心希望接踵而来的却是难以排遣的忧虑：激烈的情绪总是把人的灵魂从一个极端抛向另一个极端。保尔经常是头一天乐不可支，第二天一早却又愁容满面地来找我，对我诉苦说："维吉妮不给我来信。就算她已经离开了欧洲，也早该来信告诉我了。啊！有关她的种种传说都说得有根有据。她的姑姥姥已经把她嫁给一位贵族老爷了。她跟多少人一样，由于爱财，把自己毁了。那些把女人描写得那么好的小说，无非因为主题要宣扬美德。倘若维吉妮果真有品德的话，她当初就不会抛下自己的亲娘，不会抛下我。我在这里日思夜想，她倒是把我忘得一干二净。我在这里伤心，她在那里开心。啊！一想到这些我简直绝望透了。什么都懒得干，跟谁在一起都心烦。倒不如印度打起仗来，我被人家打死算了。"

我回答他说："孩子，但求一死的勇气不过是一时之勇。倒也常常有人无聊地喝彩叫好，来激励这样的勇气。而另有一种勇气，更难能可贵，更有必要，那就是在无人知晓、得不到赞扬的情况下，天天经受住生活的磨炼：这种勇气，叫作忍耐。它既不在乎别人怎么说，也不凭一时的冲动，而是以上帝的意志为基础。忍耐，就是坚持美德的勇气。""啊！"他叫出声来，"这么说我这人没有一点品德了！我什么都经受不住，动不动就悲观绝望。"我接言道："美德从不忽冷忽热，而是始终一贯，万劫不变，这并不是人生来就有的。七情六欲弄得咱们心神不定，理智被搅乱，变得黯然无光；可是咱们可以到一些灯塔中去取火，重新点亮理智的火把，文学就是这样的灯塔。

"孩子呀，文学是上天派来的救星。文学是主宰宇宙的智慧的光芒，人类得到上帝传授的一种艺术的启发,学会把这智慧的光芒引射到人间。文学就如同阳光一样,给人光明、愉快和温暖;它是一团神圣的火焰。像火一样,它把整个大自然交付给咱们使用。通过文学,咱们把万物、四方、众人、古今,全都聚集在咱们的周围。是它提醒咱们遵守人类生活的规律。它平息七情六欲,制止奸诈邪恶,它以善良的人们的崇高范例,激励咱们修养德行,它歌颂善良的人们,把他们始终受到赞扬的形象呈现在咱们的面前。它好比一群天上的仙女,下凡缓解人类的苦难。受到它启发的伟大的作家总是在每个社会最艰难的时期,例如蛮族肆虐的时期和世风日下的年月,应运而生。孩子呀,文学曾经安慰过数不尽的比你更不幸的人:色诺芬[①]把一万名希腊子弟兵率领回国之后,自己却惨遭放逐;征非将军西比奥[②],不堪忍受罗

[①]色诺芬(约公元前430—约公元前354),希腊历史学家、数学家,早年曾随苏格拉底学哲学。后从军远征波斯,兵败,被士卒推选为将军,率部归国。事见他所著的《远征记》。其他著述有《希腊史》等。
[②]西比奥(公元前237—公元前183),罗马名将,曾远征迦太基、西班牙等地,并协助其弟"征亚将军"远征西亚。晚年受嫉功者毁,愤而退隐。

马国人的诽谤，愤而退隐；卢喀勒斯①生前遭到多少次阴谋暗算，弄得身心交瘁；卡第纳②战功赫赫却得不到朝廷应有的封赏。精明的希腊人把人类的智能分为九个部分，由主管文艺的九位女神③分别掌管。所以，咱们应当把自己的七情六欲交给她们管理，让她们给套上缰绳和鞍辔，把咱们灵魂的能量引入正道，就好比掌管时辰的那几位女神给日车套上骏马，然后驾车驰过九天。

"读书吧，孩子。著书立说的前贤都是历尽艰辛、在崎岖小路上拼搏过来的人，每逢咱们走投无路，他们便伸过手来，邀咱们与他们一起前进。一本好书就是一位益友。"

"啊！"保尔叫道，"维吉妮在的时候，我根本用不着学习认字。她也不比我更用功。只要她看着我，叫我一声'朋友'，我就不会有什么痛苦。"

---

① 卢喀勒斯（公元前79—公元前57），罗马执政官、将军。
② 卡第纳（1637—1712），法国元帅，征服萨瓦大公，为法王室中央集权立功。部下称其为"智囊爷"。
③ 即缪斯女神，共九位，分别掌管史、乐、喜剧、悲剧、舞蹈、哀歌、抒情诗、天文及演讲术。

"当然,"我对他说,"什么样的朋友都比不上真心爱自己的女朋友更贴心。她们身上自有一种轻快的东西,能解除男人的烦忧。她们优雅的风度,能把我们思想中的阴影驱尽。她们的音容流露出脉脉的柔情和依依的信念。谁能见到她们欢乐而不畅快?谁能见到她们微笑而不开颜?谁能见到她们落泪而不怒气顿消?等维吉妮回来的时候,她的学问一定比你现在高得多。她若看到家里的园子并没有完全整治好,准会大感意外。因为现在她虽身受姑姥姥的虐待,在远离亲娘,远离你的他乡,她却日夜思念着要把这里的园子点缀得更加美丽。"

想到维吉妮就要回来,保尔的精神又振作起来了。他满心欢喜地埋头于田间劳动,顾不上累,但求花费的心血得到满意的结果。

有一天,天才蒙蒙亮(那天是 1744 年 12 月 24 日),保尔起床时瞅见"发现峰"上升起了白色信号旗,这表明有船过来了。保尔急忙赶进城去,看看维吉妮有没有捎信来。他在城里一直等到天黑,前去认船的领港员这时才坐驳船回港。领港员报告总督：那条船名叫"圣·杰朗"号，吨位七百，船长是奥班先生，船现在离岸四里以外，倘若顺风的话，也得明天下午才能进港。当时却没有纹丝微风。领港员把船上的信件交给总督。其中有一封信正是维吉妮写给她母亲的。保尔去抢了过来，捧住狂吻，吻罢揣入怀内，急忙往回跑。一家人都站在"离恨石"上翘首盼他回来，他老远见到她们竟喊不出声，只举起手中的信不住地摆动。大家忙聚集到德·拉·杜尔夫人的小屋里，等候读信。信上维吉妮禀告母亲说，她领教了姑姥姥的种种恶劣手段，起先是逼她嫁人，接着便取消她的继承权，最后明知她回到法兰西岛准会赶上暴风狂雨的季节，却偏要在那时打发她回家；她也曾向姑姥姥如实说过，母亲教她如何做人，自小养成的习惯又如何造就了她的秉性，想以此打动姑姥姥的恻隐之心，结果全等于白说。姑姥姥骂她没有良心，怪她看小说看得昏了头。如今她只一心盼望及早与家人团聚；她本想乘领港员的驳船登岸，只要船长允许，她恨不能立即了却多年日思夜想的夙愿；可惜船长不允，因为船现在离岸尚远,虽说眼前风并不大,但洋面上毕竟波涛汹涌,怕她经受不起。

信一读完,一家人高兴得跳了起来,叫道:"维吉妮回来了!"主仆们争相拥抱。德·拉·杜尔夫人对保尔说:"儿呀,快去通知咱们的邻居,说维吉妮回来了。"多敏格忙点亮火把,陪着保尔直奔我家来了。

那时大约晚上十点来钟。我刚灭灯上床,忽见茅屋的窗栏外有一点火光在树林中移动;不久,我便听到保尔叫我的声音。我连忙起床,刚穿好衣裳,保尔就气喘吁吁地闯了进来,兴奋地扑到我身上,搂住我说道:"快走,快走,维吉妮回来了。到港口接她去,天一亮船就进港了。"

我们赶紧上路。我们穿过了长山脚下的树林,一踏上从柚林到路易港去的那条道路,便听得背后有人。原来有个黑人也在赶路。待他走到我们跟前,我问他:这么着急是从哪里来,又要往哪里去?他说:"我从金粉区来,他们派我到路易港去禀告总督:有一艘法国来的轮船因为风浪太大,漂到琥珀岛的南面抛了锚。现在它正放炮求救呢。"

那人一面说一面继续赶路,一点都不敢耽搁。

我就对保尔说:"咱们去金粉区接维吉妮吧,从这里到那儿不过三里地。"于是我们转身向北走。当时天气闷热,月亮已经升起,周围有三大圈月晕。天色阴沉得可怕。接连不断的闪电照见一串串低沉浓密的乌云,正从海面向岛上飞快地压来,陆地上却并不感到有一丝微风。一路上我们以为听到了隆隆的雷声,可是仔细一听,却原来是不绝的炮声。远处的炮声和压顶的乌云吓得我不寒而栗。不容置疑,炮声是船上发出的遇难信号。半小时之后,炮声忽然听不见了;寂静比先前让人心寒的炮声更可怕。我们一声不吭地只顾赶路,谁也不敢说出心中的焦虑。半夜前后,我们汗流浃背地到了金粉区的海滩边。只见汹涌的海浪向滩头的岩石劈头盖脸地扑来,浪花的碎沫铺满了滩头,白花花地闪出星星点点的亮光。当时四下虽然黑夜沉沉,靠着那点闪闪的亮光,我们影影绰绰地分辨出海滩上有几个渔民们早已拉上岸的小渔船。

离此不远的树林边,燃着一堆篝火,火前围

坐着几位老乡。我们也凑上前去休息,等待天亮。一位老乡对我们说,他在今天下午看到海上有艘船,正被风浪推涌到这边来,可是天黑之后,就看不见了;在太阳下山后的两小时光景,他又听到求救的炮声,当时风浪很大,谁也无法出海营救;后来,他看到有亮光,心想准是船上发出的信号,倘若真是这样,他恐怕凶多吉少,因为船离岸这么近,根本不可能安全驶过琥珀岛和我们这个岛之间的海峡,倒有可能把琥珀岛错认为进入路易港必定要经过的"火力点"岛;果真这样的话(不过他不能肯定),那么船的处境危险至极。另一位老乡说,他在法兰西岛和琥珀岛之间航行过多次,也测试过那里的水深,知道那里的吃水情况良好,停靠绝无问题,船在那里抛锚跟在良港里停泊一样保险。"我敢拿身家性命担保,"他更进一步说道,"我的船要是在那里面,我照样放心睡大觉,跟在岸上决无两样。"

又有一位老乡说,大船绝不可能进入那样狭窄的连小驳船都几乎进不去的水沟,他说他亲眼看见船停泊在琥珀岛的另一头,所以只等天亮起风,到那时船愿意出海或愿意进港都行。另外几位老乡也还有另外的看法。他们之间于是七嘴八舌地争论起来;当地人闲来无事就爱拌嘴,保尔和我则在一旁缄口无言。我们在那里等到天色微明。由于天还没有大亮,海上又笼罩着浓雾,所以一眼望去什么都看不清楚,只见黑乎乎的一团,他们说那就是琥珀岛,离我们所在的岸边大约有四分之一里。在昏蒙的曙色中,我们只看得清这边的海岸有一角凸进海里,我们身后的几座山峰在云雾中时隐时现。

上午七点钟光景,树林里传来了鼓声:原来总督德·拉·布尔道奈先生骑马来了,后面跟着一队荷枪的士兵,还有不少老乡和黑人。总督让士兵们沿岸散开,一声令下,士兵们枪声齐鸣。接着我们便看到海上出现一道亮光,随之而来是一声炮响。可见船离此不远,我们纷纷向发出信号的方向跑去,这时我们在迷雾中影影绰绰地看到了船身和桅杆。我们与船的距离竟不过咫尺之遥,当时虽然波涛汹涌,我们却分明听到水手长指挥操作的哨声和水手们高呼"国王万岁"的喊声。这是法国人大难当头或兴高采烈时才喊的口号,好似这一叫他们的君王真会赶来搭救,好似这一叫就表明他们愿为王上万死不辞似的。

"圣·杰朗"号发觉我们已经够得上手前去搭救之后,便每隔三分钟放一次炮。德·拉·布尔道奈先生命人沿海点燃一堆堆篝火,又派人到附近人家去弄些食物、木板、缆绳和空酒桶来。不久,附近居民便纷纷从金粉区、弗拉克区和朗巴河那边赶来,让家里的黑奴扛来了干粮和绳索。人群中走出一位长者,对总督说:"大人,我们整夜都听到树林里、山谷中有嘈杂的声音,虽然并没有刮风,树叶却乱晃乱摇;鸟也都从海上飞到陆地来避难,种种迹象说明要有暴雨袭来。"总督回答说:"是啊,老乡们,我们已经做好了应急的准备,相信船上也一定做了准备。"

的确,种种迹象都表现出风雨欲来的征兆。头顶上的那团乌云,当中黑得吓人,四沿却呈紫铜色。当时虽然天昏地暗,鹲鸟、舰鸟、鱼鹰以及许许多多其他海鸟却从四面八方仓皇飞来找地方躲藏,它们在空中吱吱哇哇,乱成一片。

上午九点钟光景,海上忽传来惊心动魄的一声巨响,那声音好像洪水和霹雳一齐从山顶上滚泻而下。大家不约而同地惊呼:"暴风雨来了!"顷刻间,一股旋风把笼罩着琥珀岛和海峡的浓雾一扫而空,"圣·杰朗"号清楚地出现在我们的面前。只见船上的中甲板挤满了人,上甲板横七竖八地倒卧着大小桅杆,求救的信号旗也掉了下来,船头被四条缆绳挂住,另一条缆绳牵住了船尾。船就停泊在琥珀岛和我们之间的海峡里。法兰西岛的四周本来就环绕着一圈礁石滩。这艘船是从别的船从未经过的地方误入礁石圈内的。船头正对着汹涌卷来的巨浪,每一股涌进海峡的浪涛都把船头往上一掀,如今已掀得部分船底露出水面,全部船尾没入水中,看来船尾早已进水。船倾斜到这种地步,风浪还一个劲儿地把它往我们这边推,弄得它既不能顺原路出去,又不能索性砍断缆绳随波漂上海滩,因为中间还有数不尽的暗礁和旋涡。巨浪接连扑打海滩,呼啸着一直冲进海湾,把滩头的卵石抛到五丈以外,接着又呼噜噜地后退,把滩上的碎石席卷一空,露出一大片光秃秃的沙滩。被狂风掀起的潮水,越涨越高。海峡中间挤满了白花花的碎沫,黑压压的巨浪在碎沫间刨出一道道深沟。堆积在海湾里的白沫足有丈把高,狂风又把上面的那部分刮过陡峭的石岸,一直吹到半里多远的地方。无数碎沫席地而来,洒落到山脚下面,好像从海上横飞过来一场大雪,暴雨下个不停,毫无停歇的迹象,简直分不清哪是天,哪是海。模样可怕的乌云一团接一团从头上疾驰而去,另有几团却像一座座黑山压住阵脚。满天不见一角晴空;只有一点惨淡的光亮,照出地面、海上、空中的万物。

　　船经不起这样激烈的摇晃,大家担心的事情终于发生了。船头的四条缆绳一齐折断;整艘船只有船尾的一条粗索牵住,哪里经得起巨浪的冲击?船被抛到离我们的岸边大约半链①远的礁石堆上。我们见状同时发出一声惨叫。保尔不顾一切地向大海扑去,被我一把抱住。"孩子,"我说,"你不要命了?""我要救她去,"他大声叫道,"不

---

① 航海术语,一链相当于二百米。

然我还不如死了好!"他已绝望得丧失了理智,为了防止发生意外,我同多敏格找到一根长绳,一头拴在他的腰上,一头捏在我们的手中。这时保尔向"圣·杰朗"号扑去,他一会儿在水中游泳,一会儿在礁石滩上奔跑。有好几次他差点儿抓住船舷,因为反复无常的海浪竟让整条船露出了水面,那时甚至可以沿着船舷在礁石滩上走一圈;可是不一会儿,浪头又吼叫着卷回来,把整艘船劈头盖脸地罩住,把船头一下兜底托了起来,又把腿上流血、胸口受伤、淹得半死的可怜的保尔远远地抛回到岸边。这小伙子神志清醒过来之后,又奋不顾身地朝船那边扑去,那时船已经在海浪猛烈的冲击下开裂了。船上的人眼看性命难保,纷纷跳海,有的搂住桅杆,有的抱住木板,有的抓住鸡笼,有的抓住桌子和酒桶。就在那时,人们看到了一幕千古遗恨的场面:有一位年轻姑娘出现在"圣·杰朗"号船后的 望台上,向朝她奋力游来的青年伸出双手。她就是维吉妮。她看到那青年如此奋不顾身,认出是她的心上人。眼看可爱的姑娘面临可怕的绝境,我们人人心中充满了痛苦和绝望。而维吉妮却从容自若，高贵地向我们招手致意，好像在向我们告别。水手们都早已跳海，甲板上只剩下一名水手，只见他已经脱得一丝不挂，绷紧的肌肉像赫拉克勒斯①一样。他恭恭敬敬地跪到维吉妮跟前，鼓起勇气去帮她脱衣裳。可是维吉妮庄重地把他推开，而且转过身去不看他一眼。岸上的人见状都连声大叫："救她！救她！不要离开她！"就在这当口，一股涌进海峡的巨浪呼啸着向危船扑去，浪峰的两面黑得吓人，浪尖喷吐着白沫。眼看就要扑到船上，那水手吓得连忙跳海。这时维吉妮自知难免一死，便一手抓住衣裳，一手捂住胸口，抬起安详的眼睛仰望天空，那模样好比是准备起飞的天使。

多么可怕的一天呀！唉！一切都被海水吞没了。多少人受到恻隐之心的冲动，同刚才想救维吉妮出险的那位水手一样，想扑上前去搭救她，却硬是被巨浪打了回来。九死一生的水手跪在沙滩上说道："上帝呀！您救了我的命，可是我为

---

①即希腊神话中的赫拉克勒斯，大力士。

了救那位庄重的小姐，死也甘心！她就是不肯像我这样脱掉衣裳逃命。"我和多敏格把保尔拉出惊涛骇浪，可怜他已经不省人事，嘴里、耳朵里鲜血直淌。总督把保尔交给大夫们抢救，我和多敏格沿岸去寻找维吉妮的尸首。这时风向忽然变了，暴风雨过后往往有这种情况。我们痛心地想到：莫非我们连给这苦命的孩子安葬的义务都无法尽到吗？我们怀着沉痛的心情离开海边。这场灾难使多少人丧生，可是大家的心中却只为一个人的死难悲痛。看到品德这样高尚的姑娘竟落得惨绝人寰的下场，大多数人不禁怀疑老天的公道：因为这样惨重的灾难居然不公平地落到她的头上，使得最通达的人抱有的希望也难免发生动摇。

这当口人们已经把保尔抬到附近的一所房子里；他虽然已经逐渐苏醒，但还得等他稍有好转之后才能把他抬回家去。我同多敏格就先回去，想法子让德·拉·杜尔夫人和她的朋友对惨祸临头有所准备。当我们走到蒲葵河流出山口的那个地方的时候，碰到几个黑人对我们说：遇难船上有好些残剩的遗物给浪头卷进了对面的小海湾。

我们忙下湾观看，在滩边我一眼就看到了维吉妮的尸体。她被沙土半掩着，姿态同我们目击她遇难时一样。脸上也没有明显的变化。她的眼睛虽然合上了，但神色依然安详端庄，只是羞红的双腮已出现死亡的青紫色。她一手捂住衣裳，一手攥紧拳头，贴在心口，已经僵硬了。我好不容易才扳开她的拳头，从中拿出一只小盒子；我打开一看，大吃一惊：原来盒里装的正是圣·保尔的精细的肖像！她当年曾对保尔许过愿：只要她活着，就决不让这宝贝离身。不幸的姑娘至死对爱情忠贞不渝；看到她最后的这个表示，我悲从中来，流下眼泪。多敏格更是捶胸痛哭，凄厉的哭声刺破了周遭的寂静。我们俩把维吉妮的尸体抬进渔民的小屋，交给穷苦的马拉巴尔①妇女照看，由她们替她擦洗干净。

趁她们从事这项伤心差使的当口，我和多敏格哆哆嗦嗦地上山来到德·拉·杜尔夫人的家中。

---

① 地名，在印度半岛西南沿海。马拉巴尔人常常指马拉巴尔的基督徒，他们虽皈依基督教，但仍保留着当地传统的风习礼仪。

只见她同玛格丽特在做祷告,等待船上的消息。德·拉·杜尔夫人一见我便失声叫起来:"我的女儿在哪里?我的亲闺女,好孩子在哪里?"她见我流着眼泪,只不作声,知道维吉妮定遭不测,顿时心口发紧,悲痛欲绝;只听她连连叹息,呜咽不止。玛格丽特这时叫道:"我的儿子呢?怎不见我的儿子呀?"说罢,便昏厥了过去。我们忙过去把她弄醒,告诉她保尔还活着,现在由总督派的人照看着。她神志清醒过来之后,便去照顾她的好朋友。德·拉·杜尔夫人已经昏厥过去好几次了,每次昏迷的时间都很长。她整整一夜都这样悲切哀痛;看到她昏迷的时间这样长,我由此认识到:悲莫大于母亲痛失骨肉。她每次苏醒过来,那双黯然无光的眼睛总是仰望苍天。

尽管玛格丽特和我紧紧地握住她的双手,尽管我们用最亲切的称呼叫她,她却对我们所表示的由来已久的深厚友情显得无动于衷,我们只听到她从压抑得透不过气来的胸口吐出一声声低沉的呻吟。

第二天一早,人们用轿子把保尔抬了回来。

他已经神志清醒，只是说不了话。起先我还担心他见到母亲和德·拉·杜尔夫人之后又会横生什么枝节，不料这一见反倒产生了我费尽心机都不曾达到的良好效果。两位不幸的母亲脸上出现了一丝慰藉的光芒。她们都迎上前去把保尔搂进怀里，吻他亲他，由于过分悲痛而一直没有流下的眼泪这时簌簌地淌了出来。保尔的眼泪同她们的眼泪流到了一起。这三个苦命人既然心头得到了缓解，方才极度悲痛的紧张状态也就转变为持久的麻木，使他们昏昏沉沉地安静下来，好似失去了知觉，简直同死去一般。

德·拉·布尔道奈派人悄悄对我说：他已经着人将维吉妮的遗体运进城里，并且将从城里移灵到柚林教堂去。我立即下山赶到路易港，看到岛上各区都有人来送殡，好似维吉妮的死是全岛最惨痛的损失。港内船桅交叉，全都降半旗致哀，还隔一段时间鸣一声礼炮。榴弹兵在送殡队伍的前面开路；他们都把枪口向下。他们在军鼓上蒙上长长的黑纱，敲出沉痛的鼓点，这些身经百战、多少次面对死亡都毫无惧色的战士，如今却一个个神情沮丧。

岛上最受器重的八位小姐,全身缟素,手执棕榈枝,抬着她们的贞洁的小姐妹的灵柩,灵柩上盖满了鲜花。一支幼童合唱队唱着赞美诗跟随在后面;合唱队的后面是岛上行政当局和老百姓中间最有名望的人,尔后是总督以及普通平民。

当局为了表彰维吉妮的贞节,举行这样隆重的葬礼。可是,当送葬的人们走到这山脚下,看到这两间在维吉妮生前曾充满幸福、在她死后又充满绝望的小屋,整个送殡的队伍顿时乱了阵:唱诗和诵经的声音忽然停止;只听得山脚下一片叹息,一片呜咽。住在邻近的几位姑娘从队伍中跑出来,纷纷用手帕,用念珠,用花圈去拂扫维吉妮的灵柩,把她当成圣人,向她祈求保佑。母亲们求上帝赐给她们一个像维吉妮一样的女儿,小伙子们但愿自己的爱人同她一样永不变心,穷人们盼望遇到一位像她一样慈悲的朋友,奴仆们只求自己的主人也像她一样宽厚善良。

维吉妮的灵柩到达安葬地之后,马达加斯加的黑种妇女和莫桑比克的卡菲尔妇女依照她们本国的习惯,在维吉妮灵柩四周摆满花篮,在附近的树枝上挂起丧幡;孟加拉和马拉巴尔的印度妇女提来了装满鸟儿的笼子,走到维吉妮的灵柩前打开笼子,让鸟儿任意飞到她的身上去。可见,一位如花之年的少女不幸夭折,使得各族人都扼腕痛惜,贞节的品德一旦遭到不幸,便能产生这样巨大的力量;维吉妮把各种信仰的人都团结到她坟墓的周围。

有些穷苦人家的姑娘硬要往墓穴里跳,说维吉妮一死,这世界上她们再也指望不到有谁会体恤她们了,维吉妮是她们唯一的恩人,如今她们只有以身殉葬来报答她;当时不得不派人守护住墓穴,把这些姑娘一个个拉开。

维吉妮被安葬在柚林教堂西侧一簇竹林的下面,当年她同母亲和玛格丽特去教堂做弥撒,总喜欢与那位被她称作哥哥的青年,并肩坐在那里休息。

德·拉·布尔道奈先生送殡回来,顺道带着他的部分随从上山,来到她们家。他对德·拉·杜尔夫人和玛格丽特表示,凡是他帮得上忙的地方,他一定尽力。他还谴责了那位丧尽天良的姑母，话虽不多，说得却很气愤。然后，他走到保尔跟前，尽量说了些他认为能安慰他的话。他说："上帝做证，我本指望你和你们全家得到幸福的。老弟，你得去法国；我一定给你在法国找个差使。你不在的时候，我会像孝敬家母一样照顾你母亲的。"说罢，他伸手握住保尔的手；可是保尔却把手抽了回来，扭过脸去，不想看他一眼。

我就留在苦命的朋友们身边，以便尽量给她们和给保尔以力所能及的帮助。二十来天之后，保尔能下地走动了；他的身体虽然日渐恢复，他的悲伤却也与日俱增。他对一切都漠不关心，两眼暗淡无光，对谁都不理不睬。死去活来的德·拉·杜尔夫人常对他说："儿啊，我只要见到你，就好似见到我那心肝维吉妮了。"听到维吉妮的名字，保尔浑身一震，连忙跑开，他妈妈叫他回来，他都不理。他独自躲到花园里，坐在维吉妮的那棵椰子树下，两眼直勾勾地望着维吉妮梳洗沐浴的水潭。

总督派来精心护理保尔和两位老人的大夫对

我们说，为了让他从极度的悲痛中恢复过来，只能听凭他随心所欲，千万勉强不得；唯有这样，才能使执意沉默的他重新开口说话。

我决定遵照他的嘱咐。保尔的体力有点恢复之后，他首先使用的体力，是离开庄园。既然我得看住他，我就得跟在他的后面。我叫多敏格带上干粮，陪伴我们。青年人一路下山，他的兴致和体力似乎逐渐恢复。他先是朝柚林那边走去，到了教堂附近的竹林，他看到一堆新土，便径自走去；走到跟前，他跪了下来，仰望着苍天，久久默祷。这一举动，我觉得是他恢复理智的吉兆，因为他对至高无上的上帝表现出笃信，使我们看到他的灵魂已开始恢复天然的功能。我和多敏格也像他一样跪下，同他一起默祷。尔后，他站起来，并不搭理我们，只顾朝北走去。

据我所知，他不仅不知道维吉妮埋在哪里，甚至连她的尸体是否打捞到了都全不清楚，所以我就问他，为什么要到这竹林下来祈祷上帝。他回答说："因为当年我俩常常在这里休息！"

他一直走到森林边，那时天黑了下来。我劝

他像我一样多少吃点东西；然后我们躺在一棵树下的草地上睡觉。天明后，我以为他打算往回走了。他也确实回头望望山下青竹夹道的柚林教堂，朝那个方向走了几步；可是，他忽然转身钻进森林，一个劲儿地朝北走。我看出他的心思，想打消他的念头，却怎么都劝不动。中午前后，我们到达金粉区。他急忙朝面对"圣·杰朗"号遇难地点的海滩奔去。一见到琥珀岛和如今已平静如镜的海峡，他便失声呼号："维吉妮！啊，亲爱的维吉妮！"接着就昏厥过去。我和多敏格把他抬进森林，费了好大的劲儿总算把他弄醒了。他一醒过来便又要朝大海扑去。我们苦苦劝他，切莫再以这样惨痛的回忆重新勾起他自己以及我们的悲伤。于是他朝另一个方向走去。整整八天，凡是当年他与青梅竹马的挚友流连过的地方，他都一一走遍。维吉妮为黑河边的女奴求情走过的那条小路，他又从头至尾走了一趟；他重访了三乳峰下维吉妮曾歇过脚的河岸以及她迷失过方向的那片树林。每一处都勾起他的回忆。他想起心上人当年在哪里发过愁，在哪里无忧无虑地玩过，在哪里用过野餐,在哪里留下了善行;长山脚下的小河,小河边我的那间陋室,附近的瀑布,维吉妮种的番木瓜树,她跳跳蹦蹦走过的草地,曾经听到过她欢唱的林中的叉道口,每处地方都使他流下滚滚热泪;在当年曾回荡过他俩欢声笑语的地方,如今只回荡着一声声令人心酸的呼喊:"维吉妮!啊,亲爱的维吉妮!"

风餐露宿的游荡生活,弄得他眼窝塌了下去,脸色变黄,身体越来越虚弱。我认准了回忆往昔的欢乐只会徒增心头的痛楚,与世隔绝地度日更使七情六欲难以平息,于是决心让苦命的朋友及早远离使他触景生情的地方,领他到能转移他思念的别处去。我把他领到了他从未到过的威廉斯区,那里人丁兴旺,地处高爽,农业和商业都很发达。只见一伙伙木匠有的在锯木方,有的在锯板材;路上车马不断;农人赶着大群大群的牛马去宽阔的草地放牧,田野里到处有庄户人家。由于地处高爽,许多欧洲作物也都能在这一带的不少地方种植。平川上处处见到麦浪起伏,林间空地长满了草莓,路旁是玫瑰成行的篱笆。沁人心脾的新鲜空气使生活在那里的白人一个个都很健壮。那地方位于海岛的中央,四周林木环绕;从高处远望,既看不到大海,也见不到路易港和柚林教堂,总之,凡能勾起保尔怀念维吉妮的景物一概看不到。连路易港那边的几支山脉,从威廉斯区看去,也不过是长长一条垂直挺立的山岬,岬脊上耸起几座缭绕着云雾的尖峰而已。

我把保尔领到那个高原地带,让他成天闲不着。不论晴天雨天,白日黑夜,我都陪他到处走动,故意让他在树林里、荒地中、田野间迷失方向,我想用体力的疲劳来分散他的精神,用陌生的地方、不知天南地北的路途来转移他的念头。殊不料痴情人处处都能找到心上人的踪迹;白天,黑夜,远离人群或跻身市廛,乃至将种种往事一并带走的远逝的光阴,都无法稍解保尔一往情深的痴心。好比一枚铁针一旦触及磁石,任凭你如何拨动,稍一松手,它又立即转向吸引住它的磁极。有一天我们在威廉斯高原的中心迷了路,我问保尔:"该往哪儿走呀?"他转身向北,对我说:"瞧,咱们的山在那边,往回走吧。"

我看出一切指望他分心的办法全都只是白费功夫，只好竭尽我微薄的智力来直触他的痛处。我说："对，那边是你的心上人维吉妮住过的山洼。看，这就是你送给她的那帧肖像，她至死都挂在胸口；她最后几下心跳也都是为你而跳的。"我一面说一面把他当年在椰树泉畔送给维吉妮的那帧肖像递到他的跟前。保尔一见，目光中立即露出一丝惨然笑意；他伸出瘦弱的双手，贪婪地抓过肖像，放到唇边亲吻。只见他胸口起伏不停，布满血丝的眼睛里噙着泪水，却没有淌下来。

我说："孩子，听我说，我是你的朋友，也曾是维吉妮的朋友。从前在你们满怀希望的时候，我就常努力开导你们，指望你们日后有足够的理智来对付生活中的不测。如今你为何悲伤？哀痛自己的不幸还是悲悼维吉妮的夭折？

"若说你的不幸，确是天大的不幸。你失掉了天下最可爱的姑娘，她本可以成为天下最贤良的妻子；她为你牺牲了自己的利益，而你也宁可不要财产，作为对她美德的唯一相称的报答。可是你知道吗？你指望给你纯粹幸福的姑娘，差点成为你苦难的根源。她已经一无所有,失去继承权,即便她不死,你也只能同她一起苦过苦熬。她受了教育,感情变得脆弱,再加不幸的遭遇使她格外要强,到时候你会天天看到她跟你一起受累而身心交瘁。她若替你生儿育女,那么她和你都会因独立赡养老人和抚养越来越多的儿女而面临重重困难,弄得苦恼万分。

"你会说:'总督会帮助我们的。'你知道不知道,殖民地的行政官是经常调动的。难道你还指望碰到几位像德·拉·布尔道奈那样的总督不成?万一派来的官员品行极坏,不讲道德,你又怎么办?万一为了得到少得可怜的一点资助,你的妻子不得不赔着笑脸去讨好他们,你甘心吗?要是她经受不住,你就更惨;要是她洁身自好,你们就只有一辈子受穷。她长得漂亮,品行端正,你们竟能指望官老爷作你们的靠山吗?你们不因此受到他们的迫害就算是大幸大吉了!

"你会说:'我还另有一种与金钱无关的幸福,心爱的人越是弱不禁风就越依恋我,保护她,用自己的忧患安慰她,用自己的愁苦宽她的心,患难夫妻更加恩爱,这也是一种幸福。'当然,坚贞的品德和真挚的爱情确能使人苦中得乐;可惜她如今已经身亡,还剩下除你之外她生前最疼爱的二位老人,你尽管苦恨难消,也还得为二老送终。你应当像维吉妮生前那样把服侍她们看作是自己的幸福。孩子,与人为善是有品德的人的一种幸福;世上再也没有别的幸福比它更牢靠,更伟大了。人本来就是脆弱的,不过是匆匆来去的百年过客。那些寻欢作乐、追求安逸、贪图富贵、争逐荣华的种种盘算,到头来全都是一场空。你看,我们为了想发财才迈出小小一步,就弄得一家老小跌进深渊。是啊,你当初反对过;可是当初谁不希望维吉妮这一去会给你们俩都带来幸福呢?姑姥姥有钱,年事已高,一再来信邀她去,深明事理的总督也来相劝,岛上的人全都说好,神甫更以权威身份拿主意,结果造成维吉妮死于非命。我们总以为替我们做主的那些人想得周到,结果上了当,于是自取灭亡。当初不听他们的话或许倒好,世上的人无非都自欺欺人,真不该听信他们的主张,他们的劝告;可是你睁眼看看,这繁华的高原上有多少人成天忙忙碌碌，另外又有多少人漂洋过海去印度找发财机会，还有多少人足不出户待在欧洲坐享别人的劳动成果？这些人当中没有一个不早晚会失去他们最最心爱的东西的：名、利、妻子、儿女和朋友。其中大多数人在痛失心肝宝贝的同时，会悔不该当初行事莽撞，自怨自艾。而你呢，扪心自问，可以无愧。你始终忠于自己的信念，你在年纪轻轻的时候就有了老成持重的谨慎，从来没有违背过天然的情感；只有你的主见才是合情合理的，因为你纯洁、朴素、无私，因为你对维吉妮的神圣权利是任何财富都动摇不了的。你失去她，并非由于你行事莽撞，更不是因为贪财和聪明过头。皆因为上帝利用别人的欲念夺走了你心爱的人；你的一切都是上帝的恩赐，上帝知道你该怎么办才合适，上帝的睿智不容你在我们造成的这场大灾大难之后有追悔绝望的余地。

"你身遭不幸，或许会想：'我不该受到这种报应。'难道维吉妮的死是她的不幸吗？你为她现在的处境哀痛吗？有生必有死，绝代佳人，乃至显赫一时的帝国，无不如此；维吉妮的遭遇不过是万物难免的下场。人奔波一世好比爬一座小塔,塔顶就是死亡。人生来就难免一死,维吉妮在她母亲之前,在你母亲之前,在你之前就解脱了生的羁绊,也就是说免于在她死之前,先经历几番死别之苦,这是她的万幸!

"孩子呀,死对于每个人来说都是一件大好事;生好比是充满忧患的白昼,死是这白昼已尽的黑夜。疾病,痛苦,烦恼和恐慌,不停地折磨着受罪的活人,待到两眼一闭,这一切也都消歇了。仔细看看那些目前过得好像很称心的人吧;你早晚会认识到他们为了得到所谓的幸福付出了多么昂贵的代价:为了求个好名声甘心拖家带口受苦受累;为了发财,拼垮了身体也在所不惜;为了博得千载难逢的宠爱,就得成年累月地自我牺牲。而凡此种种,往往是白白赔上一辈子,只替他人做嫁衣罢了,到头来发觉亲朋好友不过是一群酒肉知己,同胞骨肉一个个也都忘恩负义。可是维吉妮到死都是幸福的:跟咱们在一起的时候,大自然的恩赐使她饱享幸福;离开咱们之后,品德的力量又给她以宽慰;甚至在咱们目睹她遇难的那个时刻,她仍感到幸福,因为她眼看岛上的每一个人都在为她哀痛,见到你拼命扑去救她,她明白我们大伙儿都疼爱她。她想到自己一生清白,于是增强了面对未来的力量,因此她得到了上帝赐给坚贞品德的奖赏:有了临危不惧的至高无上的勇气。她神色安详地面对死亡。

"孩子,上帝有心让品德坚贞的人历尽人生的种种变故,借以证明唯有品德才真正有用,能够在种种变故中得到幸福,得到光荣。上帝在人生的大舞台上培育美德,让它同死亡进行较量,从而使它独享显赫的名声。维吉妮临危不惧便是个榜样。每当念及她生前遭受的种种磨难时,哪怕是千秋万代之后的人,也都会一掬同情的眼泪。这就等于给她在世上留下了一座永垂不朽的纪念碑;世上的万物都会时过境迁,多少帝王霸业会很快被人们忘得一干二净,但维吉妮却不会死去。

"她还活着。孩子,你看,世上的万物都在变化,但物质却是不灭的。人世间没有谁有本领能够消灭物质的最小的粒子,而理性的、感性的东西,属于爱情、道德和宗教的东西或许会泯灭,它们赖以存在的元素却是摧毁不了的!啊!如果说维吉妮同我们在一起的时候,她是幸福的,那么,她现在就更加幸福。孩子,我们之上还有上帝呀:用不着由我来证明,整个大自然都说明他的存在。只有当人们居心不良的时候,因为害怕恶有恶报,才会否认老天的公道。上帝的感情装在你的心里,上帝的业绩就在你的眼前。难道你竟认为维吉妮没有得到上帝的善报吗?你以为曾经以那么美丽动人的外形来装点她崇高的心灵、连你都感到神工之妙的天力,竟无法把她从惊涛骇浪中救出来吗?你以为运用你所不了解的法则为人类做出幸福安排的上帝,竟不能运用你同样不了解的另外的法则为维吉妮安排另一种幸福吗?当我们处于虚无状态的时候,即便我们具备思考的能力,能对自己的处境有个具体的概念吗?而我们现在正处于这种浑浑噩噩、行踪不定的境地,又怎么能够预知死亡之外的事情,又怎么能弄清该如何脱离目前的困境呢?难道上帝也像人一样,需要这个小小的地球,作为演示他睿智和慈悲的场地吗?难道他只能在死亡的领域繁衍人类的生命吗?在汪洋大海中没有一滴水不是饱含着属于人类的生命物质。我们的头上有多少星星经天运行,我们竟可视而不见吗?怎么,只有在我们生活的这个地球上,才有上帝无上的睿智和神明的慈悲吗?难道在那些多得数不清的亮晶晶的星球上,在星球周围乌云和黑夜都不能掩其光辉的无穷的明亮中,只存在一片无用的空间和永恒的虚无吗?如果一无贡献的咱们,敢于指出赐予咱们一切的上帝力所能及的界限,那么我们倒真该认为自己已经到了这样的边缘,这里正进行着生和死的搏斗,无辜和专制的较量。

"我相信总有一个地方美德能得到善报的。所以维吉妮现在很幸福。啊!如果她现在能从天上跟你交谈的话,她一定会像告别时那样对你说:'保尔呀!人生不过是一场考验。我始终忠于自然、爱情和美德的圣训;为了服从长辈,我漂洋过海;为了保全信仰,我放弃了富贵;我宁可牺牲性命,也不玷污贞节。老天爷认为我已经圆满地完成了人生的使命。从此我永远脱离苦海,受不到诽谤和风暴的摧残,看不到别人的痛苦。折磨人类的种种苦难再也不会临到我的头上,而你却为我悲伤!如今我像光明之中的一粒光子,纯净而不会变质,你却偏要把我唤回到人生的漫漫长夜中去!保尔呀,我亲爱的朋友,你还记得当年的幸福岁月吗?那时咱们一清早便陶醉在良辰美景之中,九霄的光辉同太阳一起登上山巅,把灿烂的光芒洒遍我们的森林。当时咱们只感到无比的欢欣,却不知道这欢欣从何而来。我们那时有过天真的祝愿:愿我们有精细的眼力来饱览曙光绚丽的色彩,愿我们有微妙的嗅觉好沉醉在草木的芬芳之中,愿我们有敏锐的听力欣赏鸟儿们的百啭千鸣,愿我们有灵犀点通的心窍领悟这万物的好处。如今,找到了美的源头,人间的一切赏心乐事都是由这里发源的,在这里我的灵魂直接看到、闻到、听到、感觉到过去能力有限的器官所体验不到的东西。啊!什么语言能描述尽我现在定居下来的这片永远光明的极乐世界呀!凡是上苍的无穷威力和普度众生的慈悲所能创造出的一切,凡是享受到同样的福祉而亲爱相处的众多生灵在共同的欢欣中所能达到的种种和谐,我们都不折不扣地领受到了。保尔呀，经受住你的考验吧，用绝无止境的爱，用不能消淡下去的永结同心的坚贞，更增添你的维吉妮的幸福吧。我要平息你的遗恨，我要拭去你的眼泪，我的朋友呀，我的丈夫呀！愿你的心灵向往着无穷的上苍，经受住这暂时的伤痛吧！'"

我激动得说不下去了。保尔呢，他只直勾勾地看着我，大声喊道："她不在了！不在了！"这样痛心地喊了几声，他便久久地昏迷过去。苏醒过来之后，他说："既然死是件大好事，既然维吉妮现在很幸福，那么我也想死，好去和她重聚。"我本想用来安慰他的那番话偏偏使他萌生绝念。我好比一个眼看掉在河心的朋友不想游出水面，要把他救上岸来，实在难以下手的人，束手无策。痛苦已经把他淹没。唉！早年的坎坷经历能使人更坚强地走向生活，保尔却从没有体验过呀。

我又把他领回家来。我发觉他的母亲和德·拉·杜尔夫人比以前更虚弱了。玛格丽特格外灰心丧气。性格痛快的人，对轻微的痛苦往往并不在意，而对巨大的悲哀却经受不住。

她对我说："好乡邻呀！昨天夜里我好像看

见维吉妮穿了一身白衣裳,出现在翠绿的树林和美丽的花园中间;她对我说:'我现在享受到的幸福,真值得人们艳羡呢。'说罢,她便笑吟吟地走到保尔的跟前,拉他一起走了。我拼命想抓住儿子不放,可是我立刻感到自己也离开了地面,跟他们一道飞了起来,当时有一种说不出的快感。我本想跟我的好朋友说声再见,却发觉她也带着玛丽和多敏格跟上来了。更使我感到奇怪的是,同一天夜里德·拉·杜尔夫人也做了一个梦,情节一模一样。"

我回答她说:"朋友呀,我认为凡事不经上帝的许可,是绝不会发生的。梦常常预示真情。"

德·拉·杜尔夫人也告诉我她做了什么梦,情节果然分毫不差。以前我在她们身上从没有发现过任何迷信的倾向,而她们两人的梦居然这样相同,我不由得大吃一惊,心想这梦怕是要应验了。认为真情往往会在梦里出现的见解,在世界各国很普遍。古代最伟大的人物,例如亚历山大①、

---

①亚历山大(公元前356—公元前323),马其顿国王。

凯撒、西比奥、卡图祖孙①以及布鲁图斯，精神上都并非软弱之辈，对此却深信不疑。《旧约》和《新约》中也记载着大量的实例，说明梦能应验。在这方面，我有切身的体验，我不止一次地体验到，梦是关心人类的某一位精灵给人们的警告。倘若有人想凭自己的智力去战胜或者去维护超过人类悟性的东西，那是办不到的。然而，人的理性毕竟是上帝理性的反映，既然人完全有能力通过秘密的、隐蔽的途径，使自己的意愿传达到海角天涯，那么主宰宇宙的精灵又为什么不能运用类似的方法达到同样的目的呢？一个人写信去安慰自己的朋友，那封信要经过好几个王国，在好几个国家的仇恨中流转，却唯独给一个人带来快乐和希望；那么维护人类清白的上帝，为什么就不能通过无人知晓的途径，来拯救对他笃信不移的品德高尚的灵魂呢？始终以内在的功力对自己的作品进行精细加工的上帝，难道用得着以外在的特征来实施自己的意愿么？

---

①卡图祖孙指的是曾祖（公元前234—公元前149），罗马政治家；曾孙（公元前95—公元前46），斯多噶派哲学家。

为什么要怀疑梦幻的真假呢？人生有多少转眼即逝、枉费心机的盘算，不也只是一场梦吗？

不管怎么说，我的那两位苦命朋友所做的梦，不久就应验了。保尔在他亲爱的维吉妮死后两个月也去世了，临终前，他不住地叫着维吉妮的名字。玛格丽特在她儿子死后的第八天，怀着只有品德高尚的人才有的喜悦，离开了人间。她无限温情地向德·拉·杜尔夫人告别时，说希望以后重新团聚，不再分手。她还说："死是最大快人心的好事；人应该但求早死才对。倘若生是一种惩罚，就得巴望它早早了结；倘若生是一场考验，但求考验的时间越短越好。"

当局收养了已丧失劳动能力的多敏格和玛丽，在他们的女主人死后不久，他们也都死了。至于可怜的老狗忠忠，差不多是和主人同时忧郁而死的。我把德·拉·杜尔夫人领到我家去住，她凭着难以想象的巨大的精神力量，居然经受住了一连串惨重的打击。直到保尔和玛格丽特临终的时刻，她都一直安慰着他们，仿佛她心里只装着他们的不幸。他们死后，她又天天跟我说到他们，好似他们是仍住在附近的亲密朋友。然而他们死去之后,她也只多活了个把月。对她的姑母,她不仅没有怨她缺德,反倒祈求上帝宽恕她的罪过,减轻她精神上一发不可收拾的错乱。我们早先就听说,狠心的老太太残忍地把维吉妮赶走以后,接着就神经错乱了。

这位丧尽天良的长辈,不久因心狠手辣而受到惩罚。我从陆续来的好几艘船上的人那里听说,她成天昏昏沉沉,弄得活不下去,又死不了。她一会儿想到可爱的侄外孙女惨遭夭折,紧接着侄女又相继去世,觉得自己有愧;一会儿她又认为自己把那两个倒运的人一脚踢开,做得实在对,她说,那两人自甘堕落,有辱家风。有时她看到巴黎街头到处是一群群乞丐,便嚷嚷道:"为什么不把这帮懒骨头统统送到殖民地去死?"她还硬说各国人民都赞成的讲究人道、提倡美德、信奉宗教的种种主张无非是各国君主出于政治目的而凭空编造出来的;继而她又跳到另一个极端,陷入迷信的恐惧之中,整天心惊肉跳地吓得要死。她跑去找平时指点她为人处世的富裕的神甫们,给他们大笔大笔施舍，哀求他们用她捐献的家产来平息神明的圣怒，好似她不肯施舍给穷苦人的财物倒会博得人类主父的欢心！她的脑海中经常出现刀山火海的景象，其间出没着青面獠牙的厉鬼，一个个都在大声叫喊她的名字；她跪倒在神甫们的脚下，想象自己受到种种酷刑的折磨：因为老天爷，公道的老天爷，让那些灵魂残忍的人深信死后打入地狱的惨状。

就这样，她时而不信鬼神，时而又极端迷信，既怕活着受罪，又怕死后受罚，心惊肉跳地苟活了几年。最后，恰恰是她生前为之丧尽天良的东西结束了她如此潦倒的残生。她眼看自己的财产死后要落到她平日憎恶的亲戚们手中，心里万分气恼。她因而想方设法要把最值钱的那部分财产转移出去，结果她的那班亲戚们趁她犯病糊涂的当口，把她当疯子关起来，把她的财物分光了。

她的财产就此断送了她的性命；当年这些财产使得她心肠变硬，如今同样使得那班垂涎的人丧尽天良。她死了，最惨不过的是，她死前神志还算清醒，明明白白地看到正是在她生前指点她这么做那么办的人，把她的钱财抢得精光，还把她看得狗彘不如。

人们在维吉妮安葬的竹林下，埋葬了她的知心人保尔。他俩的墓穴紧挨着，周围是两位慈母和两名忠仆的坟地。几抔黄土，没有立一块墓碑，更没有勒刻载述他们生前美德的铭文；可是在受过他们恩惠的人们的心中，对他们的怀念却至今难以磨灭。

他们生前不求出名，死后更无须哀荣；可是，如果他们的在天之灵对人世间的事情仍然关心的话，那么他们一定情愿光顾勤劳人家居住的茅屋，去安慰怨恨自己命苦的穷人，在多情男女的心中点燃持久不熄的火焰，使他们珍惜大自然的恩赐，热爱劳动和厌恶富贵。

对于为帝王歌功颂德而竖立的纪念碑，人们往往置若罔闻，但他们却给岛上的好几个地方起了名字，为维吉妮的死永志纪念。在琥珀岛附近的礁石堆中，有一片地方被命名为"圣·杰朗号航道"，维吉妮就是乘那条船从欧洲回来的，结果船在那个地方失事遇难。离这里大约三里路左右，有一长条陆地伸进海里,你从这里望去能约略地看到,那陆地的尖端有一半被海水淹没,风雨大作的头天晚上,"圣·杰朗"号就是因为没能绕过那个尖角才进不了港,所以那地方被命名为"苦命角";我们面前,这山沟的尽头,叫作"坟场湾",被沙土半掩的维吉妮的尸体,就是在那里找到的,好似大海有心把她的尸体送还给她的亲人们,要在因维吉妮的清白而增光的海边,为成全她的贞节尽到最后的责任。

情意相投的年轻人啊!苦命的慈母们啊!相亲相爱的一家人啊!当年曾为你们遮阳的树林,当年曾为你们流淌的清泉,当年你们曾合家憩息过的山岗,至今仍在悲悼你们的死亡。自从你们死后,谁也不敢来耕种这片变成荒丘的田地,谁也不忍拆除这两间简陋的小屋。你们的山羊成了野羊,你们的果园荒芜零落;你们的小鸟都飞走了。如今只听到在这盆地四周的崖顶上盘旋的鹞鹰在吱吱乱鸣。至于我,自从与你们分手之后,成了没有朋友的人,好像是一个儿女死绝的孤老,一片四海漂泊的浮萍,只形单影只地,孑然一身。

说罢,那善良的长者老泪纵横地走开了,在听他叙述这段悲惨故事的时候,我也不止一次流下了眼泪。